Maggie Prince

Räuberliebe

Roman

Aus dem Englischen
von Renate Weitbrecht

BELTZ
& Gelberg

Maggie Prince,
in Lancaster geboren, studierte in London und war unter anderem Journalistin und Lehrerin, bevor sie hauptberufliche Kinder- und Jugendbuchautorin wurde. Heute lebt sie mit ihren beiden Kindern in Hertfordshire.

Für Chris, Deborah, Daniel und meine Mutter,
die in dieser Landschaft aufwuchs,
in Liebe und Dankbarkeit

www.beltz.de

Die englische Originalausgabe erschien unter dem Titel
RAIDER'S TIDE erstmals 2002 bei Collins, London

Aus dem Englischen von Renate Weitbrecht
Neue Rechtschreibung
Lektorat: Barbara Küper
Einbandillustration: Hauke Kock
Einbandgestaltung: Max Bartholl
Druck: Druckhaus Beltz, Hemsbach
Satz und Bindung: Druckhaus »Thomas Münzer«,
Bad Langensalza
ISBN 3-407-80933-6
1 2 3 4 5 08 07 06 05 04

Von Zeit zu Zeit mussten die nördlichen Grafschaften Englands der eindringenden schottischen Armee trotzen, aber die schlimmste Plage waren regelmäßige Raubüberfälle, die das Leben und das Hab und Gut ihrer Bewohner bedrohten.

Geschichte der Grafschaft Cumberland (Victoria)

Sie haben verschiedenen Familien alles weggenommen, sogar die Kessel- und Topfhaken. Sie haben das ganze Vieh, die Schafe und die Pferde weggetrieben …

William Riley, The Silver Dale

Am 14. April … kamen die Schotten … mit Wurfspießen und Enterhaken, Äxten und Sturmleitern bewaffnet und ausgerüstet.

Aufzeichnungen von der schottischen Grenze, ii 171

Die Geschichte spielt im späten 16. Jahrhundert, als Königin Elisabeth I England regierte.

Erstes Kapitel

Ich springe auf, aus meinem Tagtraum herausgerissen. Mir ist, als hätte ich verschwörerisches Getuschel gehört. Ich spähe in den düsteren Wald und lausche. Man bildet sich leicht Dinge ein, wenn man abends allein auf Wache ist. Andererseits habe ich ein überdurchschnittlich gutes Gehör – ich höre so manches, was ich eigentlich nicht hören sollte.

Ich lege die Hand an das Heft meines Messers und schleiche durch das Meer aus blassgelben Narzissen zu der Stelle, wo das unebene Gelände des Pike zur Küste abfällt. Mein Messer hat sich durch das untere Ende seiner Scheide gebohrt und verfängt sich ständig in meinen Röcken. Ich schiebe es auf den Rücken und trete auf die freie Fläche hinaus, wo in einem großen Steintrog Äste und Torf für ein Warnfeuer aufgeschichtet sind. Ich kann nichts Ungewöhnliches entdecken. Ich sehe nur die Sonne im Westen untergehen und rot durch die von der Feuerstelle aufragenden Äste scheinen. Wir halten Wache, um uns vor einer ganz konkreten Gefahr zu schützen: Vor drei Jahren wurden wir zum letzten Mal von schottischen Räuberbanden überfallen, die mit ihren Booten die Bucht unsicher machen oder aus den Bergen im Grenzgebiet vordringen. Jetzt ist wieder Frühling, die Saison der Räuber, und so müssen wir abwechselnd Wache halten bis zu den ersten Winterfrösten.

Das Geräusch wiederholt sich nicht. Ich glaube, ich bin einfach nervös, weil ich im Augenblick größere Sorgen habe als die Schotten. Licht glitzert auf dem schnell dahinfließenden Wasser tief unter mir. Ich setze mich auf den Rand des Steintrogs, um zuzusehen, wie in der Bucht die Flut steigt. Der Wind wickelt mir die Röcke um die Beine und bläst feinen Sand den Hang herauf. Ich stopfe mein Haar unter die Spitzenhaube zurück und lasse den Blick an der Küste entlang nach Süden schweifen, dorthin, wo der Wehrturm meiner Vettern hoch über dem Meer auf Kalksteinklippen steht. Der Turm selbst ist von hier aus nicht zu sehen, aber der Rauch ihres Warnfeuers schon, wenn sie es anzünden. Ja, es gibt Schlimmeres als die Schotten. An meinem letzten Geburtstag bin ich sechzehn geworden und die Leute haben vom Heiraten zu reden begonnen.

Ich weiß schon seit sechs Jahren – seit ich kein Kind mehr bin –, dass ich meinen Vetter Hugh heiraten muss, so, wie meine Schwester dessen Bruder Gerald heiraten muss, damit unsere Gehöfte in der Familie bleiben. Bis jetzt erschien mir dieser Tag immer sehr fern.

Ich stehe auf und mache einen letzten Rundgang über die Hänge. Mit kräftigen Tritten bahne ich mir einen Pfad durch das dichte Farnkraut und spitze die Ohren, ob ich irgendetwas höre, das nicht zum normalen Leben auf dem Pike gehört. Nichts, nur hier und dort ein Rascheln im Unterholz, wo die kleinen Geschöpfe der Nacht allmählich erwachen, und das ferne Geschrei der Möwen über der Bucht. Ich nehme meinen Kapuzenumhang von einem Brombeerstrauch und mache mich landeinwärts durch den Wald, den Hügel hinab auf den Weg.

Hier ist es dunkler, aber ich sehe es fast sofort, das rostfarbene Bündel, das von den unteren Ästen einer Bergulme herabhängt. Ich kämpfe mich durch die Brombeeren zu ihm vor, mit einem flauen Gefühl im Magen. Es rührt sich nicht, ist warm und überraschend fest unter seinem weichen Fell – ein Eichhörnchen, das in eine Fangschlinge aus Draht geriet und von ihr erwürgt wurde.

Vielleicht war es diese kleine Tragödie, die ich vorhin mit angehört habe. Ich lockere die Drahtschlinge und hole das traurige, kleine Bündel herunter. Sein roter Schwanz fällt wie Distelwolle über mein Handgelenk. Die Dorfbewohner von Barrowbeck jagen die Eichhörnchen, weil deren Schwänze einen schönen Pelzbesatz für Kleider abgeben. Schrecklich. Einen Augenblick lang fühle ich mich überhaupt nicht wie eine erwachsene Frau im heiratsfähigen Alter, sondern wie ein Kind, das einer Welt, die zu so etwas fähig ist, nicht gewachsen ist. Ich lege das Eichhörnchen zwischen die Wurzeln des Baumes und will es gerade mit Laub vom letzten Jahr zudecken, als es zuckt und blinzelt. Dann flitzt es den Baum empor und ist gleich darauf verschwunden. Offenbar war es nur ohnmächtig, weil die Schlinge ihm den Hals zugeschnürt hat. Ich lache erleichtert auf, doch mir klopft das Herz noch immer bis zum Hals vor Aufregung. Schließlich schlängele ich mich zu dem steilen Pfad zurück. Über mir huscht das Eichhörnchen durch die Baumkronen davon. Unter mir im Tal steht auf einer kleinen Anhöhe der Wehrturm meiner Familie – eine viereckige, aus Kalkstein erbaute Feste. Noch nervöser als zuvor laufe ich weiter den Hang hinunter, um Wurzeln und weiße Felsen herum, die wie Knochen aus der Erde ragen. Hinter mir, im immer dunkler werdenden Wald, singt eine späte Amsel aus voller Kehle.

Im Tal komme ich an unserer mit Steinmauern eingefassten Miste vorbei, wo unser Stallknecht Leo gerade den Mist schaufelt. »Guten Abend, Fräulein Beatrice!«, grüßt er mich grinsend. Ich winke ihm zu. »Heut ist ein guter Abend für Schotten!«, ruft er mir nach. Ich seufze und schiebe den schweren Eisenriegel an der mit Nägeln beschlagenen Eingangstür zum Torhaus hoch. Irgendwie bin ich heute nicht in der Stimmung für Leos Humor.

Im Torhaus mache ich einen großen Schritt über das

Pferdefell auf dem Boden. Ich trete nie darauf. Das war Peter, mein Lieblingspony. Die Hitze der Fackel, die in einem Eisenring an der Wand steckt, brennt auf meiner Wange. Ich lasse die Tür einen Augenblick offen stehen, um frische Luft hereinzulassen. Diese schwere, dicke Eichentür ist die einzige Außentür unserer kleinen Festung, also der einzige Eingang, den wir bei einem Angriff verteidigen müssen, doch die Luft in den unteren Stockwerken, die keine Fenster haben, ist deshalb oft verbraucht, und es riecht muffig. Es gibt zwar noch einen Notausgang, aber der ist unterirdisch. Von der Küche aus führt ein Geheimgang hinunter in das von einer hohen Mauer umgebene Gehege am Hang, in das wir manchmal unsere Tiere treiben.

Ich öffne die Innentür. Fettgeschwängerter Rauch schlägt mir aus dem Halbdunkel entgegen. Ich höre das Klappern von Eisenpfannen aus Kates Küche, zu der ein niedriger Bogengang führt. Im Wandofen wird warmes Brot liegen und im Topf über dem Feuer wird ein Eintopf dampfen. Ich habe Hunger, und Kate wird böse auf mich sein, wenn ich zu spät komme, aber ich muss erst noch etwas frische Luft schnappen. Hier ist es mir zu stickig nach dem frischen Wind auf dem Pike. Ich steige die steinerne Wendeltreppe hinauf und begegne unterwegs meiner jüngeren Schwester Verity, die gerade herunterkommt.

»Beatie, wo warst du denn? Ich versuche den Wachplan für nächste Woche fertig zu machen. Germaine möchte am Montag mit dir tauschen.« Sie setzt sich auf die Treppe.

Verity ist größer als ich, obwohl sie erst fünfzehn ist, und ihre braunen Haare und die blauen Augen sind dunkler als meine. Die älteren Mitglieder unserer Familie finden sie allzu »eigenwillig« – das ist das von ihnen verwendete Wort. Doch Verity kümmert es nicht im Geringsten, was sie sagen.

Sie gehört zu den Menschen, die mir am allernächsten stehen. Ich setze mich neben sie.

»Tut mir Leid. Ich war auf dem Pike. Dickon hat Schüttelfrost und konnte nicht Wache schieben, darum habe ich seine Schicht übernommen. Wo ist Mutter?«

»Weg. Sie ist wütend abgehauen, zu Tante Juniper.«

Wir tauschen einen viel sagenden Blick aus. »Und Vater?« Es gibt nur zwei Orte, wo Vater sein könnte: Entweder er liegt in der Nähe der Landstraße auf der Lauer oder er ist oben und betrinkt sich sinnlos.

Verity verzieht das Gesicht und deutet nach oben. Ich stöhne. Über uns höre ich Germaine auf ihrer dreisaitigen Fidel eine der widerlich schmalzigen Melodien spielen, die Vater so liebt. »Wäre ich bloß auf dem Pike geblieben«, murmle ich in einem Anflug von Sehnsucht nach der Stille dort. Die Natur mag brutal und kompliziert sein, aber sie fidelt wenigstens nicht.

Wir reden noch eine Weile über den Wachplan, dann steige ich den Rest der Wendeltreppe, immer im Kreis herum, insgesamt vier Stockwerke zur Brustwehr oben auf dem Turm hinauf. Es wird kalt. Ich ziehe meinen Umhang enger um mich und die Kapuze über den Kopf. Mitten auf der Plattform steht ein Türmchen mit Zinnen, aus dem eine lange Holzstange ragt. An einer eisernen Querstange am oberen Ende sind zwei Teerfässer befestigt, die sofort angezündet werden können, falls in der Umgebung ein Warnfeuer aufleuchtet. Es gibt eine Kette von Warnfeuern auf dem Pike, auf dem Beacon Hill, der sich hinter unserem Anwesen erhebt, auf dem Wehrturm meiner Vettern auf den Klippen und rund um die Küste bis zum Gewhorn Head, dem Kap an der anderen Seite der Bucht. So können wir frühzeitig warnen.

Hier oben auf der Plattform riecht die Luft nach feuchter Erde und frischen Blättern. Heute hat William, ein Knecht meines Vaters, Wachdienst. Er döst im Stehen, aber als er mich hört, zuckt er zusammen und beginnt konfus herumzulaufen. Dabei lässt er seinen Blick von Westen nach Norden und weiter nach Osten schweifen.

»Guten Abend, William.«

»Guten Abend, Fräulein Beatrice.«

Ich stelle mich an die Steinbrüstung und stütze die Ellbogen auf. Nach einer Weile gesellt William sich zu mir. Im Osten kommen die ersten Sterne zum Vorschein. Sie sehen aus wie kleine Herstellungsfehler auf teurer, blauer Keramik. Im Westen ist noch ein schwacher rötlicher Lichtschein, wie aus einem Brennofen, über dem Horizont zu erkennen. Unter uns flattern Fledermäuse auf und ab. Ganz unten auf der Weide läuft Leo heimwärts und eine Bäuerin ruft nach ihrem Hund.

All das liebe ich, aber meinen Vetter Hugh liebe ich nicht – außer als Vetter. Warum kann ich mich nicht weigern zu heiraten, wie unsere Königin? Ich bin durchaus in der Lage, unseren Hof ohne fremde Hilfe zu bewirtschaften. Verity und ich tun das bereits die meiste Zeit. Wozu um alles in der Welt brauche ich einen Ehemann?

»Die Kutsche von Lord Allysson kommt heute Nacht hier lang«, sagt William wie beiläufig.

Ich sehe ihn an. »Hast du das auch meinem Vater erzählt?«

Er weicht meinem Blick aus. »Ich musste, gnädiges Fräulein. Die letzte Tracht Prügel hat mir gereicht. Vielleicht sollte man ihm einen Zweig Baldrian in den Wein tun. Ich glaube, Fräulein Veritys Trick mit dem Stein im Hufeisen seines Pferdes hat er inzwischen durchschaut.«

Ich seufze. »Das könnte ich mal versuchen. Danke, William.« Man hat es nicht leicht mit einem Vater, der nebenbei Straßenräuber ist.

Unten in der Küche steht unsere Köchin Kate an der Feuerstelle und rührt. Ihre Haare sind mit einem weißen Tuch umwickelt und ihre Überröcke in den Gürtel hochgesteckt. Sie blickt auf und wendet mir ihr gerötetes Gesicht zu.

»Das wurde aber Zeit, junges Fräulein. Die Suppe brennt schon an. Holen Sie Ihren Teller.« Ein Kessel mit dampfendem Hammeleintopf steht auf einem Dreifuß neben dem Feuer. Kate schöpft eine Portion in meinen Teller und nimmt ein halbes Schwarzbrot aus dem Warmhalteofen in der Wand. Ich setze mich an den langen Tisch, murmle ein kurzes Tischgebet und esse schweigend. Verity ist inzwischen verschwunden, aber irgendwo im Turm quietscht nach wie vor Germaines Fidel.

Kate wirft noch ein paar große Holzscheite ins Feuer und dreht das Rad am Blasebalg, bis die Flammen hoch auflodern. Ich sehe jetzt, dass sie Knochen auskocht, um Leim herzustellen. Der ekelhafte Geruch breitet sich in der ganzen Küche aus. Kate singt bei der Arbeit ein Lied über ein kaltherziges Mädchen, das einen Jüngling in den Tod treibt, weil es ihn nicht genug liebt. Ich kann das Mädchen gut verstehen. Kate geht hinüber zum Hackklotz, der auf einer dicken Scheibe von einem Baumstamm sitzt, legt die nächste Ladung übrig gebliebener Hammelknochen darauf zurecht und schwingt ihr Hackbeil. Das Licht des Feuers wirft ihren Schatten riesengroß an die rauchgeschwärzten Wände. Unsere Küche ist der einzige Raum, der zwei Stockwerke hoch ist, damit die Hitze entweichen kann und etwas Licht hereinfällt, denn im Erdgeschoss gibt es keine Fenster. Durch die schmalen Fensterschlitze unterhalb der hohen Decke ist der

Nachthimmel zu sehen. Dort droben wohnen Eulen und Fledermäuse. Ich höre Flügel flattern, während Kates Schatten durch die Dunkelheit huscht und loshackt. Ein Schauer läuft mir über den Rücken. Heute Abend liegt etwas Unheimliches in der Luft.

Ich bin inzwischen in meiner Kammer im dritten Stock und spähe aus dem Fenster. Letztes Jahr haben wir in einige Fenster Glas einsetzen lassen – natürlich nicht in die Schießscharten. Der Nachteil ist, dass man durch diese kleinen, grünlichen Scheiben nicht mehr so gut hinaussehen kann. Ich dachte, ich hätte draußen ein Pferd und das nervöse Husten meines Vaters gehört. Ich frage mich wirklich, wo das Geld für das ganze teure Glas herkam.

In meinem Bett, unter meiner Schaffelldecke, liegt ein erhitzter Stein. Mein Kater Cäsar gibt sein warmes Plätzchen nur widerwillig auf, als ich zwischen die Laken krieche. Ich lasse meine ausgebleichten, blauen Bettvorhänge offen. Heute Nacht möchte ich nicht von der Welt abgeschnitten sein. Als ich den Wärmstein mit dem Fuß hinausschubse, steigt aus dem Schilf auf dem Fußboden der Duft von Lavendel und Thymian auf. Cäsar schleicht zu dem heißen Stein, legt sich darauf und springt wieder herunter. Am Ende beschließt er, doch darauf zu braten. Sein Schnurren klingt wie das Geräusch des Meeres auf dem Kieselstrand hinter dem Hügel und wir beginnen beide wegzuträumen.

Ich träume von Schotten. Sie sind unten an der Wendeltreppe, zwischen dem Kücheneingang und der Innentür des Torhauses. Ich fliehe vor ihnen die Treppe hinauf, aber dort ist es noch schlimmer, denn die Treppe ist schmal und auf beiden Seiten von gewölbten Mauern umgeben, sodass ich nicht sehen kann, wie dicht die Verfolger hinter mir sind.

Ich schrecke aus dem Schlaf hoch, schweißgebadet und zitternd. In der Dunkelheit kommt mir der Traum immer noch allzu wirklich vor. Ich starre zur Tür. Ich habe Angst, nach meiner Zunderbüchse und der Kerze zu greifen, aber schließlich tue ich es doch. Schatten huschen und tanzen durch den Raum, als ich die Kerze anzünde. Ich brauche Gesellschaft, um diesen Albtraum zu verscheuchen, daher werfe ich mir ein Umhängetuch über die Schultern und steige zu den Zinnen hinauf. Unterwegs sehe ich mich immer wieder um. Inzwischen hat Martinus Wachdienst. Er begrüßt mich lächelnd und beginnt mit mir über alltägliche Dinge, das Essen, die Pferde und die Sternbilder zu reden. An den kleinen Turm für das Signalfeuer gelehnt, stehen wir lange im fahlen Mondlicht und plaudern.

Zweites Kapitel

Am nächsten Morgen stelle ich fest, dass Mutter immer noch nicht zurück ist. Ich beschließe, über den Hügel zu Tante Juniper zu laufen, um Mutter abzuholen und vielleicht einen weiteren halbherzigen Versuch zu unternehmen, Hugh mit anderen Augen zu sehen, nämlich als meinen zukünftigen Ehemann. Doch vorher sind noch die üblichen morgendlichen Aufgaben zu erledigen. Wir sind nicht reich und haben nur wenige Bedienstete, daher müssen Verity und ich viele Arbeiten in Haushalt und Hof selbst verrichten. Ich beauftrage ein paar Männer, unsere Außentür endlich für den Sommer mit Tang feuerfest zu machen. Wir sind spät dran dieses Jahr. Dann laufe ich den Hang hinunter, um die Schafherde unseres Nachbarn James Sorrell aus dem Gehege zu lassen. Der Sonnenschein verscheucht meine Albträume. Ich erinnere mich noch undeutlich an einen, in dem Hugh eine Rüstung trug, was angesichts meiner Bedenken gegen unsere Heirat wohl ein Wunschtraum war.

Eigentlich leben wir in einer guten Zeit. Unter Königin Elisabeth I herrscht Frieden im Land. Anderswo auf der Welt führen und gewinnen unsere Streitkräfte Land- und Seeschlachten, von denen wir oft erst Monate später durch redselige Reisende aus dem Süden erfahren. Unser einziges echtes Problem sind die Schotten. Jedes Jahr zwischen März und September unternehmen sie Raubzüge in die englischen Grafschaften an der Grenze: Westmorland, Cumberland und Northumberland. Allerdings kann es gut sein, dass sie in uns ebenfalls ein Problem sehen, denn von Zeit zu Zeit überschreiten auch unsere Männer die Grenze.

Jetzt im Frühling gibt es viel zu tun. Die unteren Räume und die Keller, die wir im Winter als Vorratskammern benutzt haben, müssen nun leer geräumt werden, damit wir im Falle eines Angriffs schnell die Rinder, Ziegen und Pferde hineintreiben können. Es gibt Zeiten, in denen ich mir wünsche, meine Eltern oder wenigstens einer von beiden würden sich mehr um Haus und Hof kümmern.

Mein Vater scheint heute Morgen zu hinken. Ich frage mich, ob bei einem Straßenraub in der letzten Nacht etwas schief gelaufen ist. »Hast du was am Bein, Vater?«, fragt Verity ohne Mitgefühl, während sie Steine zum Ausbessern der Mauer um das Gehege zusammensucht. Vater wankt den Hang hinunter. Er will in der Milchkammer frische Milch für sein Frühstück holen, das gewöhnlich aus Brot und Milch besteht. Selbst wenn Verity und Vater miteinander zanken, merkt man, wie sehr sie sich mögen. Ich glaube, jeder der beiden erkennt sich selbst im anderen. Ich bin eher wie Mutter, voller Träume und Geheimnisse.

»Du kannst dein gutes Paar Schuhe ja zurückgeben, wenn es dir nicht passt, wie ich das Geld dafür beschafft habe«, schreit Vater Verity zu. Da zieht sie ihre Schuhe aus und wirft sie ihm hinterher. Er lässt sie liegen. Ich halte das Tor des Geheges für ihn auf. Er schlurft hinein und zwängt sich zwischen den hinauszottelnden Schafen hindurch.

James' Schafe waren über Nacht in unserem Gehege statt auf ihrer Weide an der sumpfigen Küste, weil letzte Nacht Vollmond war und die Springflut sie sonst weggeschwemmt hätte. Das ist auch schon vielen Menschen passiert. Ich sehe zu, wie die Schafe den Hang hinabtrotten, dicht hintereinander – Schafe eben. Dann mache ich mich auf den Rückweg zum Turm. Wir müssen immer in einem großen Bogen vom Turm zum Gehege und zurück laufen. Von außen betrachtet scheint das Gehege am Hang nicht zum Turm zu gehören. Es ist von einer hohen, halbkreisförmigen Mauer umgeben, die beidseitig an die nackte Felswand anschließt, von der unsere uneinnehmbare Außenmauer aufragt. Die Schotten sind schon oft in das Gehege eingedrungen, aber sie haben nie den gut getarnten Eingang zum Geheimgang unter der Milchkammer gefunden, die wie eine Höhle in die Felswand gebaut ist. Der unterirdische Gang führt tief in den Berg zu unseren Vorratskellern und zu dem gewundenen Stollen, der in unserer Küche endet. Und selbst wenn die Schotten den geheimen Eingang irgendwann fänden, kämen sie nicht weiter als bis zu einer eisenbeschlagenen Eichentür und einer Wolfsgrube, von deren Boden Eisenspieße aufragen. Wir benutzen den Geheimgang selten, aus Angst, Spuren zu hinterlassen, obwohl die Versuchung an regnerischen Tagen oft groß ist.

Um die Mittagszeit ist Mutter immer noch nicht zurück. Darum mache ich mich auf den Weg durch den Wald und über den Hügel. Ich möchte allein mit ihr reden. Nichts ist unabänderlich. Hugh und ich sind noch nicht offiziell verlobt. Unsere Väter haben noch nicht einmal einen vorläufigen Ehevertrag unterzeichnet. Ich muss Mutter in einer guten Stimmung erwischen und meinen Standpunkt überzeugend vertreten. Sie und Vater sind schließlich ein abschreckendes Beispiel, weshalb man nicht heiraten sollte. Sie hat uns oft erzählt, wie sie als sechzehnjährige Braut auf einem Esel über die Old Corpse Road hierher ritt, um meinen Vater zu heiraten, und einmal rutschte ihr die Bemerkung heraus: »Ich hätte lieber den Esel heiraten sollen!«

Als ich die ersten Bäume des Barrow Wood erreiche, sehe ich meine Stute Hilda am Waldrand Disteln fressen. Ich streichle ihr über die Nüstern und beschließe, sie heute dazulassen. Ich habe es nicht eilig. Wenn ich zu Fuß gehe, habe ich mehr Zeit zum Nachdenken. Und ich habe eine gute Vesper aus Käse und Brot in meinem Schafslederbeutel.

Ich nehme den direkten, aber mühsamen Weg über die Kuppe des Beacon Hill, wo kahle, zerklüftete Kalksteinplatten sich mit kleinen Farnkrautinseln abwechseln. Ruprechtskraut wächst aus Felsspalten und Frauenschuh-Orchideen zittern im Schatten. Ich ziehe meine Stiefel aus. Durch meine schwarzen Leinenstrümpfe fühlen die Steine sich warm und glatt an. Ich setze mich auf einen Felsen, von dem aus ich die Bucht überblicken kann, und beginne zu essen.

Ich habe schon besseres Brot gebacken. Alle Laibe kamen diesmal dunkel aus dem Ofen und schmecken bitter. Ich fürchte, dass ein Schimmelpilz den Weizen vom letzten Jahr befallen hat, weil das Frühjahr bisher so verregnet war.

Solche Pilze können gefährlich sein. Manchmal lösen sie in ganz Nordengland Anfälle von Wahnsinn aus. Wir haben alles Mögliche versucht, um den bitteren Geschmack wegzubekommen. Zum Beispiel haben wir den Sauerteig nur eine Woche stehen lassen anstatt zwei. Aber leider wird das Brot dann so hart, dass man damit den Schotten den Schädel einschlagen könnte.

Schlimmer noch ist der Pilz im Gersten- und Roggenbrot, das die Bauern essen. Ich frage mich manchmal, ob diese Ausbrüche von Massenwahnsinn der Grund dafür sind, dass hier in der Gegend immer noch Hexen und Andersgläubige verfolgt und hingerichtet werden.

Hinter mir ist die aufgemauerte Feuerstelle, auf der Brennholz und Torf für das Warnfeuer aufgeschichtet sind. Ich lehne mich dagegen. In einem verdeckten Hohlraum unterhalb der Feuerstelle liegen eine Zunderbüchse, getrocknetes Moos und mit Teer getränkte, morsche Zweige zum Anzünden des Feuers. Die Wärme und Stille hier oben machen mich ganz schläfrig. Ich schaue mich um. Die weiße, von Bäumen gesäumte Kuppe des Hügels sieht aus wie der Schädel eines Mönchs. Es gibt immer noch Mönche drüben in Cartmel, obwohl der alte König ihre Lasterhöhlen zerstören ließ. Allerdings weiß ich nicht so genau, was an den Mönchen lasterhaft sein soll. Sie verteilen Almosen an die Armen, obwohl sie selbst arm sind, außerdem, so heißt es, gewähren sie Verfolgten Unterschlupf.

Ich blicke hinüber zum Gewhorn Head, dem Kap auf der anderen Seite der Bucht, wo sich bisweilen noch Wölfe herumtreiben, und dahinter auf die Hügel des seenreichen Lake District, die von Nebel umhüllt sind. In diesem Augenblick erscheint James Sorrell. Ich weiß nicht, wer von uns mehr erschrickt, als sein Gesicht über der Klippe auftaucht.

»Beatie, was machst du denn hier?«

»Ich bin auf dem Weg zu meiner Mutter. Wie schaffst du es bloß, so leise zu sein, James? Du hast mich fast zu Tode erschreckt. Was machst du denn hier?«

»Ich habe Wachdienst.« Er setzt sich neben mich auf den Felsen und sieht mich schweigend an. James ist kein großer Redner. Er benimmt sich oft wie ein Tölpel und hat nie lesen oder schreiben gelernt, was für einen Bauern mit eigenem Land in unserer wohlhabenden Gegend im Norden Englands ziemlich ungewöhnlich ist. Es mag damit zusammenhängen, dass sein Vater ihn oft halb bewusstlos schlug, als er noch ein Kind war. Alle wussten das. Ich kann mich erinnern, dass meine Mutter sich einmal dermaßen mit dem Alten anlegte, dass er sie barsch von seinem Land verwies. Da James weder lesen noch schreiben kann, führt Verity für ihn die Bücher des Low-Back-Hofs – mit dem Ergebnis, dass er nun in sie verliebt ist.

Er zieht seine Lederjacke aus. Er riecht nach Schweiß und Stall. »Ich habe Verity in letzter Zeit kaum gesehen«, sagt er. Aus irgendeinem Grund, vielleicht, weil er weiß, dass ich ihn mag, hofft er verzweifelt, dass ich ihm helfe, meine fünfzehnjährige Schwester zur Frau zu bekommen. Aber ich denke gar nicht daran.

»Sie ist beschäftigt, James«, antworte ich und reiche ihm etwas Brot und Käse, um ihn aufzumuntern. Eine Weile sitzen wir schweigend da. Die Welt ist sehr schön heute. Zu unseren Füßen winden sich junge Haselnussblätter aus ihren Knospen. Hoch über uns kreist ein Bussard. Das bringt irgendwem Unglück. Mich überkommt ein Anflug des mulmigen Gefühls, das ich gestern schon hatte. »Weißt du was, James? Irgendwie spüre ich, dass wir beobachtet werden«, sage ich.

»Ja?«, meint er skeptisch. »Das wird wohl der Grüne Mann sein.«

Ich lache. Jetzt will er mich nervös machen. »Nein, kein Waldgeist oder so was. Es ist wahrscheinlich nur ein Reh, das vom Wald herüberspäht.«

Er lächelt. »Nein, bestimmt ist es der Grüne Mann. Ruf ihn, dann wirst du schon sehen.«

»Ach, hör auf, James.« Ich lehne mich zurück. Ich weiß, dass es ihm Spaß macht, Leute zu erschrecken. Hätte ich bloß den Mund gehalten und ihm keine Gelegenheit dazu gegeben. Hier oben auf diesem sonnenbeschienenen Hügel lauern keine Gefahren. Das heißt – im Westen, auf der anderen Seite der Bucht, flackert ein Licht auf. Ich richte mich auf und starre hinüber. James hat es auch gesehen. Er beugt sich vor. Das Licht erlischt und eine dünne Rauchfahne steigt von dem Wachturm jenseits des Wassers auf. Es ist ein Warnfeuer! Die Schotten kommen!

Drittes Kapitel

Einen Augenblick lang glaube ich es einfach nicht. Das kann nicht sein, denke ich. Drei Jahre ohne einen Überfall haben mich träge gemacht.

Dann reagiere ich endlich, springe auf die Füße und krame die Zunderbüchse aus ihrer trockenen Höhle unterhalb der Feuerstelle hervor. James ist schneller. Er wirft getrocknetes Moos und geteerte Zweige auf die Feuerstelle, schiebt alles unter das aufgeschichtete Holz und zupft ein paar Büschel Moos wieder heraus, damit ich sie anzünden kann. Ich schlage auf den Feuerstein. Funken sprühen auf das Moos, aber alle verlöschen. Ich schlage noch einmal. Ein paar Funken schlängeln sich an den trockenen Fasern entlang, dann erlöschen auch sie. Ich schlage erneut. Diesmal fängt das Moos Feuer. Ich zünde einen geteerten Zweig daran an, drehe ihn, puste, bis er lichterloh brennt, und werfe ihn in die Mitte der Feuerstelle. Eine dünne Rauchsäule steigt auf. James schwenkt seine Lederjacke hin und her, um einen Luftzug zu erzeugen, weder zu heftig noch zu zaghaft. Er beherrscht das Feuermachen. Ächzend geht ein morscher Ast in Flammen auf.

»Wir machen besser, dass wir wegkommen«, sagt James.

Ich ziehe schnell meine Stiefel an, stopfe die Zunderbüchse in ihr Loch zurück und folge James über die kahle Hügelkuppe mit ihren Felsspalten, in denen man sich leicht die Knöchel verstauchen kann. Als es abwärts geht, werden wir schneller. Wir verlassen den Pfad und hasten auf direktem Weg den Hang hinunter. Farne und winzige Bäumchen peitschen uns um die Beine, wir kämpfen uns zwischen Eschen, Haselsträuchern und Wacholderbüschen hindurch und rutschen immer wieder aus. Das Feuer hinter uns knistert laut. Ich bleibe stehen und werfe einen Blick zurück. Ich sehe die Flammen hoch auflodern und dann kleiner werden. Um sie herum steigt dunkler Rauch in den strahlenden Frühlingshimmel.

Ich kann nur noch eines denken: Wo sind die Schotten? Überqueren sie gerade die Bucht? Oder sind sie womöglich schon hier, zwischen mir und dem schützenden Turm? In einsameren Gegenden ist es schon vorgekommen, dass sie sich tagelang in den Wäldern versteckt hielten, während die Dorfbewohner ahnungslos ihrer Arbeit nachgingen. James und ich müssen unser Vieh zusammentreiben. So große Verluste wie vor drei Jahren können wir uns nicht mehr leisten, denn dieses Jahr haben wir nicht so viel Gold und Silber wie sonst im Rübenkeller des Turms liegen, um neue Tiere anzuschaffen.

Haben wir ein gutes Jahr, geht Verity im Mai mit einer Tasche voller Gold auf den Markt in Lancaster, um Rinder zu kaufen, und im August mit einer Tasche voller Silber nach Kendal, um Schafe zu kaufen. Ich könnte schwören, dass die Viehzüchter und die Versteigerer mehr Angst vor ihr haben als vor vielen ausgewachsenen Männern. Sie verwaltet unsere Finanzen und die von James. Sie bezahlt die Männer und überwacht das Abwiegen der Ernte. Einmal hat sie sogar das Auspeitschen eines Landarbeiters überwacht, der einen Scheffel Weizen gestohlen hatte. Allerdings nur einmal, denn nachdem die Männer den Burschen vom Holunderbaum am Gehegetor losgebunden hatten, kam sie in meine Kammer, setzte sich hin und schrieb über eine Seite in ihrem Geschäftsbuch: *Diebstähle*. Von da an ließ sie die Leute stehlen und die Seite in ihrem Buch mit der Überschrift *Diebstähle* füllte sich bald mit schwarzen Einträgen in ihrer eckigen Handschrift. Hinzu kommt, dass es uns immer öfter gelingt, Vater von den Landstraßen fern zu halten. Auch deshalb haben wir zurzeit weniger Ersparnisse als in den vergangenen Jahren.

Endlich erreichen James und ich den Waldrand, und ich stelle voller Erleichterung fest, dass der Turm immer noch eine sichere Zuflucht ist. »Du solltest gleich das Horn blasen, James«, keuche ich, während wir über das offene Gelände rennen. Am Torhaus angelangt, hält er sich an dem Weißdorn neben dem Eingang fest und ringt vornübergebeugt nach Luft, während ich das Tor öffne und das alte, zerschrammte Widderhorn aus seiner Nische in der Wand hole. James nimmt es mir aus der Hand und stößt hinein.

Der Ton gefriert in der Luft. Er klingt unheilvoll. Ich bekomme eine Gänsehaut an Armen und Beinen. James findet allmählich in seinen Rhythmus. Er bläst das Signal zweimal in Richtung Tal, dann läuft er die Wendeltreppe hinauf und bläst unterwegs aus jedem Fensterschlitz. Die Reaktion erfolgt sofort. Kates Schreie hallen von den Kellern herauf. In den oberen Stockwerken setzt schnelles Getrappel ein. Leos laute Rufe dringen aus dem Tal herauf, und die Kühe beginnen zu muhen, als sie seinen Haselstock zu spüren bekommen. Was ist nur mit der Wache los? Sie schläft wohl, sonst hätte sie den warnenden Rauch auf dem Hügel und auf der anderen Seite der Bucht doch gesehen. Henry, der Wachdienst hat, war tatsächlich eingenickt. Als James und ich auf der Plattform erscheinen, reibt er sich die Augen und stolpert umher. Sein Haar ist zerzaust, und er hat eine so starke Bierfahne, dass er mit ihr das Warnfeuer anzünden könnte. Einen Augenblick lang bin ich außer mir vor Zorn.

»Henry!« Ich schlage ihm mit dem Handrücken ins Gesicht. Großmutters Türkisring hinterlässt auf seiner Wange einen breiten Striemen, aus dem winzige Blutströpfchen quellen. Davon wird er wach.

»F-F-Fräulein Beatrice«, stottert er. »Warum tun Sie das?«

»Die Schotten kommen, du Vollidiot!« Ich versetze ihm noch einen Hieb mit der Teerfackel, bevor ich die Wendeltreppe hinunterlaufe, um die Fackel am Feuer im Wohnsaal einen Stock tiefer anzuzünden. Unterwegs höre ich immer noch das Signal und Kates Geschrei. Als ich mit der brennenden Fackel auf die Plattform zurückkehre, sind Vater, Verity, Kate und die Knechte William und Martinus auch schon oben und stapeln Steine und Pfeile entlang der Brustwehr. Kates Geschrei ist inzwischen in ein Wimmern übergegangen. Sie hat furchtbare Angst vor den Schotten, wie auch sonst vor allem Möglichen. Die kleine Frau mit der schönen Stimme, dem wilden, einer Pusteblume ähnelnden, grauen Haarschopf und dem verkrüppelten Bein – sie hat es, weil sie als Kind bei einem Überfall der Schotten von durchgehenden Rindern umgerannt wurde –, hat keine guten Nerven mehr, seit sie vor ein paar Jahren der Hexerei bezichtigt wurde, weil sie wahrsagte, wenn auch meistens falsch. Außerdem strich oft eine schwarze Katze um sie herum, die Mutter meines Katers Cäsar. Das reichte den Leuten, die irgendwen suchten, dem sie die Schuld an ihren Problemen geben konnten. Eines Sonntags klagte der alte Pastor Kate von der Kanzel aus an. Bevor die Situation sich weiter zuspitzen konnte, wie es in solchen Fällen oft geschieht, stand meine Mutter auf, stellte sich mitten in der Kirche vor den Pastor hin und widerlegte alles, was er sagte, mit Bibelstellen. Zum Schluss sagte sie, wer ohne Schuld sei, der solle den ersten Stein werfen oder, noch besser, ihn vor Scham schlucken und an ihm ersticken. Ich staunte über das Wissen und den Zorn meiner Mutter und über das Gekicher aus den Reihen der Gläubigen, die reglos und gespannt in der vollen Kirche standen. Damals begriff ich nicht so recht, was das alles bedeutete, aber später, als ich etwas älter war, hörte ich Gerüchte, dass dieser Pastor in jedem Dorf ein uneheliches Kind hatte.

Vielleicht wurde dem alten Pastor klar, dass er, wenn er Kate henken ließ, niemanden mehr haben würde, der auf seinen Hochzeiten und Beerdigungen so wunderschön sang – ganz zu schweigen von dem alljährlichen Zwei-Dörfer-Fest, auf dem er schon des Öfteren seinen Talar in die Hose gesteckt und einen Cumberland Square Reel getanzt hatte. Jedenfalls stapfte er an jenem Sonntag wütend aus der Kirche und verlor danach kein Wort mehr über die Sache.

Hexen werden gehängt und Ketzer verbrannt, aber unter der neuen Königin finden weniger Hinrichtungen statt als unter der alten. Ältere Leute erzählen immer noch schaudernd von der Zeit der letzten Königin, die sie »die blutige Maria« nennen. Seit sie von Königin Elisabeth I abgelöst wurde, hat sich außerdem insofern etwas geändert, als dass nun statt Protestanten

Katholiken verbrannt werden. Andersgläubige zu verbrennen ist eine Unsitte, die sich die Leute offenbar nur schwer abgewöhnen können. Neulich erst hörten wir, dass in Lancaster, das weniger als einen halben Tagesritt südlich von uns liegt, mehrere Katholiken verbrannt wurden, doch die meisten Leute hier oben im Norden kümmert es wenig, welchen Glauben man hat, solange man nicht viel Aufhebens darum macht. Mit Hexerei ist es natürlich eine andere Sache.

Der alte Pastor ist inzwischen gestorben. Jetzt haben wir einen jüngeren, der verkündet, dass es keine Hexerei gibt, dass es nicht so wichtig ist, welchen Glauben man hat, und dass wir einander, verdammt noch mal, nicht bekämpfen, sondern lieben sollen, sonst würde er uns auf die Sprünge helfen. Er hat auch den Religionsunterricht übernommen, den der alte Pastor Verity und mir gegeben hat. Doch nun, da ich sechzehn bin, erhalte ich leider keinen mehr.

Ich zünde mein zweites Warnfeuer an diesem Tag an. Die Teerfässer brennen sofort, fauchend wie Tiere. Ich entferne mich schnell, als die Hitze mir entgegenschlägt. Verity verteilt Schwerter, Bögen und Knüppel. Weitere Knechte kommen zusammen mit Germaine die Treppe herauf. Es herrscht eine Stimmung grimmiger Entschlossenheit.

Germaine will den Bogen nicht, den Verity ihr anbietet, und geht ihren eigenen holen. Sie ist unsere einzige weibliche Bedienstete außer Kate. Sie ist groß, dunkelhaarig und sehr schön und spielt verschiedene Instrumente mehr oder weniger schlecht. Eigentlich sollte sie Verity und mir Musik- und Handarbeitsunterricht geben, aber stattdessen unterhält sie die meiste Zeit unseren Vater.

Ich laufe mit William und Henry hinunter, um zuzusehen, wie sie unsere schwere, alte Arkebuse aus ihrem Schrank auf der Osttreppe holen und über den Gang in den Gemeinschaftsraum der Männer schleppen. Wir können uns hier nicht so viele Feuerwaffen leisten wie die Bewohner mancher größerer Festungen. Unsere Arkebuse schießt ungenau, ist fürchterlich laut und umständlich zu laden. Wegen ihres besonderen Schusswinkels ist ihre Wirkung größer, wenn wir sie vom Gemeinschaftsraum der Männer im zweiten Stock aus abfeuern. Als junger Mann trug mein Vater sie auf der Schulter in die Schlacht.

Die Männer verankern die Waffe in ihrer Halterung auf dem Fenstersims und kippen sie mit einiger Mühe nach hinten wie eine Kanone, damit ich sie laden kann. Ich öffne ein Pulverhorn, fülle Kugeln und Schießpulver in den Lauf und stopfe alles mit dem Ladestock an seinen Platz. »Ihr solltet die Scharniere ölen«, schlage ich vor, ziehe den Ladestock wieder heraus und stelle ihn an die Wand, damit er fürs Nachladen griffbereit ist. Dann schütte ich etwas feines Schießpulver in die Zündpfanne. »Ich hole euch Schweineschmalz aus der Küche. Das Ding muss sich beim Nachladen leichter schwenken lassen.« Ich habe den beißenden Geruch des Schießpulvers in der Nase, als ich hinunterrenne.

Allmählich beginne ich mir Sorgen um Mutter zu machen. Wo sie nur ist? Immer noch bei Tante Juniper, also in Sicherheit, oder auf dem Heimweg durch den Wald? Dann hat sie sicher das Horn gehört und das Warnfeuer gesehen und wird entweder nach Hause eilen oder nach einem guten Versteck suchen. Ich steige wieder zur Plattform nach oben und dränge mich durch die dort versammelte Schar zu Germaine, die gerade ihren Langbogen spannt. Die meisten von uns haben nur gewöhnliche Bögen, aber Germaine besteht darauf, dieses Monstrum zu benutzen, das fast zwei Meter lang ist und eine Sehne aus Seide und Flachs hat. Ich muss allerdings sagen, dass sie damit ganz gut trifft.

»Germaine« – ich bemühe mich um einen höflichen Ton – »würden Sie bitte alle Fensterläden schließen und später, wenn wir alle im Turm sind, das Türgitter herunterlassen und die Wolfsgrube öffnen? Kann ich diese Aufgaben einfach Ihnen überlassen? Ach, und bitte vergessen Sie nicht, ›Wolfsgrube offen!‹ zu rufen. Wir wollen doch nicht, dass irgendwem dasselbe passiert wie dem armen, alten Edmund.«

Sie spannt weiter ihren Bogen und erwidert: »Sie haben viel zu viel Verantwortung für Ihr Alter, Beatrice, das tut Ihnen gar nicht gut.«

Ich wende mich verärgert ab. Henry, der auch wieder auf der Plattform ist, hat unser Gespräch mitbekommen und unterdrückt ein Grinsen. Auf seiner Wange ist immer noch eine Spur von glänzenden Blutströpfchen zu sehen. Ich bereue meinen Wutausbruch und würde mich am liebsten bei ihm entschuldigen, kann mich dann aber doch nicht dazu durchringen.

»Henry.« Ich gehe auf ihn zu. Er scheint entschlossen, mich zu ignorieren, aber ich stelle mich vor ihn hin. »Komm bitte mit, Henry. Wir müssen Leo helfen, das Vieh zusammenzutreiben und die Schweine auf den Hügel zu bringen.« Ich lasse meinen Blick am Horizont entlangschweifen. Rauch steigt vom Pike und vom Beacon Hill hinter uns auf und zieht vom Mere Point herüber, auf dem der Wehrturm meiner Vettern steht, von den Räubern jedoch ist nichts zu sehen.

Viertes Kapitel

Es ist sehr still im Wald. Kein Vogel zwitschert, kein Eichhörnchen oder Reh lässt sich blicken. Es ist, als wartete alles und jeder auf die Ankunft der schottischen Räuber. Doch inzwischen, am Nachmittag des folgenden Tages, scheint es so gut wie sicher, dass das Warnfeuer auf der anderen Seite der Bucht ein falscher Alarm oder nur ein Buschfeuer war. Es wäre nicht das erste Mal.

Bei früheren Überfällen hatten wir kaum Zeit, unsere Rinder in den Turm zu treiben oder gar die Schafe hinauf in den Wald zu bringen. Die Leute von den umliegenden Gehöften hatten keine Chance. Ihre Häuser wurden ausgeplündert und niedergebrannt. Viele verloren ihr Leben bei dem Versuch, ihr Heim zu verteidigen. Wir vom Barrowbeck-Turm sind besser dran. Unsere dicken Mauern schützen uns und wir sind hervorragende Schützen. Wir lassen uns nicht auf Nahkämpfe ein, sondern beschießen die Eindringlinge von oben mit Pfeilen, mit Wurfspießen, deren Metallspitzen Widerhaken haben, oder mit Speeren, deren Spitzen mit brennenden, teergetränkten Lumpen umwickelt sind.

Diesmal konnten wir alle Bauern mitsamt ihren Rindern, Ponys, Schweinen und Ziegen in den unteren Räumen unterbringen. Das Gedränge ist schrecklich, aber der Gestank ist noch schlimmer. Die Stille des Waldes ist nach dem Radau, den die Tiere machen, eine Wohltat. Nun höre ich nur noch meine eigenen Schritte und das Geklingel des Leithammels, da die Schafe im Wald herumwandern.

Unser Warnfeuer brennt langsam herunter, verströmt in der Nachmittagssonne aber immer noch eine gewaltige Hitze. Ich habe mich auf den Weg zum Beacon Hill gemacht, um das dortige Warnfeuer zu ersticken und die Feuerstelle abzusichern. Außerdem habe ich die leise Hoffnung, auf meinem Gang Mutter zu treffen. Sie sieht jeden Tag in der Milchkammer nach dem Rechten und wird sich inzwischen Sorgen machen, dass der Quark zu lange stehen geblieben ist und dass die Sahne einen Stich bekommt, bevor sie gebuttert werden kann, obwohl unsere Milchkammer im Fels immer schön kühl ist.

Ich schwitze in meinem grauen Wollkleid und meine Haube klebt mir an der Stirn. Ich lege eine kurze Rast ein und sammle aus Gewohnheit ein paar trockene Zweige als Anzündholz für das Warnfeuer auf dem Beacon Hill, damit auch beim nächsten Mal genügend da ist. Zur Sicherheit habe ich einen Weg gewählt, den nur wenige kennen. In einem Haselbuschdickicht ein gutes Stück links von mir steht eine alte Einsiedlerhütte. Sie ist halb von Brombeeren überwuchert, da der Einsiedler im letzten Winter an einer Mandelentzündung gestorben ist. Dort könnte ich mich verstecken, wenn jetzt die Schotten kämen, denke ich.

Es ist anstrengend, auf diesem fast zugewachsenen Weg den Hügel hinaufzulaufen. Als ich die Kuppe erreiche, muss ich husten, weil die Luft oben voller Rauch ist. Ich bleibe kurz stehen. Dann lege ich Steine um die in sich zusammengestürzten Überreste des Feuers und schaufle feuchte Erde in die Mitte. Später, sobald die letzte Glut erloschen ist, werden wir das Holz fürs nächste Mal aufschichten. Der Rauch der Warnfeuer hängt wie dunkler Nebel über dem Tal und der Bucht, doch der Wind wird ihn bald wegblasen. Auf dem Rückweg durch den Wald fühle ich eine große Erleichterung in mir aufsteigen. Ein weit entferntes Buschfeuer hat uns einen Tag unseres Lebens geraubt – aber was soll's. Im Laufe der Nacht werden alle Warnfeuer ausgehen und morgen wird Mutter bestimmt heimkommen.

Als ich den Waldrand erreiche, bemerke ich zunächst gar nicht, dass eine dünne, dunkle Linie sich den gegenüberliegenden Hang hinabbewegt. Erst als ich auf freiem Feld bin, sehe ich Gestalten zwischen den windgepeitschten Bäumen des Pike hindurchstürmen und den mit Geröll übersäten Steilhang hinunterrennen.

Wir hielten einen Angriff von dieser Seite bisher für unmöglich, da der Hang fast senkrecht abfällt. Diesen Weg haben die Schotten noch nie genommen. Mir wird schlagartig klar, dass sie sich droben auf dem Pike versteckt gehalten und abgewartet haben, bis wir uns wieder beruhigen, wohl wissend, dass wir sie nicht aus dieser Richtung erwarten würden. Wie lange beobachten sie uns schon? Ein paar Tage vielleicht? Die Geschwindigkeit, die sie auf dem abschüssigen Gelände erreichen, ist Furcht erregend.

Sie haben mich anscheinend noch nicht gesehen, obwohl ich auf freiem Feld bin. Ich renne auf den Turm zu. Die Schotten rücken in einem weiten Bogen an. Jetzt höre ich ihre Rufe und sehe ihre safrangelben Jacken, ihre ziegenledernen Westen und die braungrünen Röcke, die ihnen um die Knie flattern. Sie haben Bögen über den Schultern, einige sogar Armbrüste. An ihren Gürteln hängen Äxte, Dolche und Entermesser. Einige sind mit Musketen bewaffnet, andere haben Sturmleitern dabei, was besonders beängstigend ist. Sie nähern sich schneller, als ich rennen kann. Es ist, als liefe ich direkt in die Hölle. Ich überlege eine Sekunde lang, ob ich mich im Wald verstecken soll, aber dazu ist es bereits zu spät. Sie beginnen einen Kreis zu bilden, der sich hinter mir schließen wird. Es gibt kein Zurück mehr. Dann plötzlich entdecken sie mich und stoßen aufgeregte Schreie aus. Mehrere Schotten scheren aus der Reihe aus und laufen direkt auf mich zu. Die Erde bebt unter ihren Füßen, als ich die Eingangstür unseres Turmes erreiche. Ich kann ihren Schweiß riechen. Hände greifen nach mir. . .

Ich hatte Angst, dass niemand mich hören oder hereinlassen würde, aber im selben Augenblick geht das Gitter hoch und die Tür auf. Verity und Martinus zerren mich ins Torhaus. Ich taumle nach hinten, gegen die Wand – ach du Schreck! Die Tür geht nicht mehr zu. Verity und Martinus werfen sich mit ihrem ganzen Gewicht dagegen, aber die Schotten drücken von der anderen Seite. Die Tür öffnet sich langsam. Ich versuche das Gitter wieder herunterzulassen, aber es bewegt sich nicht. Sie müssen es mit irgendetwas blockiert haben. Ich gebe auf und stemme mich ebenfalls gegen die Tür. Es gelingt uns nicht, sie zuzudrücken. Höhnisches Gelächter schlägt uns von draußen entgegen. Ein Entermesser dringt durch den immer größer werdenden Spalt.

»Diesmal machen sie es uns leicht, Freunde!«, ruft eine Stimme an der Türangel, eine Handbreit neben meinem Ohr.

»Vater! Schick mehr Männer herunter!«, schreit Verity durch die Innentür. Von oben nähern sich schnelle Schritte, aber die Hilfe wird zu spät kommen. Die Tür öffnet sich immer weiter und wir können nichts dagegen tun. Die Leute, die die Treppe herunterkommen, sollten eigentlich die Innentür verrammeln, um den Rest des Turmes zu schützen, doch ich weiß, dass sie uns nicht aussperren werden. Keiner von uns traut sich, loszulassen und zu einer Waffe zu greifen. Martinus bedeutet Verity und mir mit aufgeregten Gesten, dass wir hinter die Innentür flüchten und uns verbarrikadieren sollen. Verity knurrt: »Willst du etwa das Vergnügen für dich allein haben, diese Mistkerle zu erledigen?«, wobei sie allerdings einen erheblich unfeineren Ausdruck benutzt.

Der behaarte Arm schiebt sich weiter durch den Spalt und die Faust mit dem Entermesser kommt uns bedrohlich nahe. Da kracht es – das ist unsere Arkebuse! Schüsse von außen treffen die Wände. Einen kurzen Augenblick lang ist es still und ich höre das Zischen und Pfeifen von Pfeilen. Inzwischen ist James bei uns. Er stemmt sich allerdings nicht gegen die Tür, sondern greift nach dem Horn in der Nische und schlägt es heftig auf den Ellbogen, der sich durch den Spalt zwängt. Die Faust schnappt auf und das Entermesser landet klirrend auf dem Boden, aber der Arm wird nicht zurückgezogen. Stattdessen öffnet ein Stoß von draußen die Tür noch ein Stück. In diesem Moment schlägt jemand hinter mir mit dem Schwert zu. Es fährt herab und trifft den Arm. Das war Kate. Hätte sie aus einem günstigeren Winkel zugeschlagen, hätte sie dem Eindringling wohl die Hand abgehauen. Er stößt einen unmenschlich klingenden Schrei aus, Blut spritzt und der Arm zuckt zurück. Bestimmt werde ich nie mehr seelenruhig zusehen können, wie Kate beim Essen das Fleisch aufschneidet.

Danach werfen wir uns alle gegen die Tür. Endlich knallt sie zu. Vater ist inzwischen auch da und versucht hektisch, die sechs Riegel und drei schweren Eisenstangen vorzulegen. Er ist betrunken, darum führe ich seine Hand, während sie Metall in Metall schiebt. Martinus zieht mit seiner ganzen Kraft an der Kurbel für das Eisengitter. Jetzt knackt sie laut und lässt sich endlich wieder drehen. Draußen schreien Leute auf, als das herabrasselnde Gitter sie trifft. James hebt das Horn vom Boden auf und legt es an seinen Platz zurück.

Es wird ein langer, schrecklicher Kampf, der schlimmste, an den ich mich erinnern kann. Vater steht mit seinem altmodischen Langbogen am Fenster des Wohnsaals und schießt einen Pfeil nach dem andern auf die Feinde hinab. Wir vom Turm brauchen keine Armbrüste. Aus dieser Höhe und Entfernung haben sie keinen Vorteil gegenüber den Bögen und das Spannen dauert länger. Aber die Schotten da unten, die nach oben schießen müssen, wissen die größere Reichweite ihrer Armbrüste zu nutzen. Ihre Pfeile fliegen erschreckend hoch hinauf, über unsere Zinnen, hinter denen unsere Männer hocken und zurückschießen. Ein Stück dahinter, im Schutz des kleinen Turms für das Signalfeuer, knien einige junge Männer und Frauen aus dem Tal, die Pfeilspitzen mit Leinen umwickeln, in heißen Teer tauchen und anzünden, bevor sie diese den Bogenschützen reichen. Wir alle haben Messer und kurze Schwerter an unseren Gürteln, für den Fall, dass wir uns gegen Eindringlinge verteidigen müssen. Verity und James bedienen das Katapult, unsere Steinschleudermaschine. Verity zieht den Wurfarm zurück und James legt die Steine darauf. Ab und zu lässt er einen besonders schweren Stein einfach über die Brustwehr fallen. Unten hält Leo hinter dem Eingangstor Wache, um, falls nötig, sofort die Innentür zu verrammeln. In der Küche erhitzt Kate Schweineschmalz, und Germaine trägt das heiße Fett, das auf die Feinde hinabgeschüttet werden soll, in Holzkübeln die Treppe hinauf. Sie flucht leise, als sie angerempelt wird und das überschwappende Fett die Stufen glitschig macht.

Viele Bauern von den Gehöften im Tal, die ihr Vieh in den Turm getrieben haben, drängen sich nun zwischen den Tieren im Erdgeschoss. Diesmal sind es so viele, dass man sich dort unten kaum noch bewegen kann. Die schwarzen Rinder von James haben wir in Kates Küche untergebracht. Alle Tiere haben panische Angst. Überall tönt uns ihr Muhen, Wiehern und Quieken in den Ohren und ihr Gestank strömt die Treppe herauf.

Ich habe die Aufgabe, herumzulaufen und mich zu vergewissern, dass alle möglichen Angriffspunkte verteidigt werden. Ich habe nicht vergessen, dass die Schotten Sturmleitern dabei haben. Als ich auf einem meiner Kontrollgänge zum Torhaus komme, tritt Leo mir mit finsterem Gesicht entgegen.

»Sie versuchen das Tor in Brand zu setzen, Fräulein!«

Ich sehe einen dünnen Rauchfaden aus dem schmalen Spalt unter dem Tor aufsteigen.

»Es wird nicht brennen, Leo. Gott sei Dank haben wir es noch rechtzeitig feuerfest gemacht.«

»Vielleicht sollten wir trotzdem Fräulein Kate bitten, etwas Leder nass zu machen, zum Drunterstopfen.«

»Das erledige ich.« Ich laufe in Richtung Küche, dann bleibe ich stehen. »Hast du das gehört?«

Wir lauschen beide. Leos Mund verzieht sich zu einem schmalen Strich. »Enterhaken! Sie versuchen die Wände hochzuklettern!«

»Sie müssen sich in ein Fenster eingehakt haben. Schnell, Leo. Wenn du nachsehen gehst, hole ich solange Verstärkung.« Im selben Augenblick kommt ein Bauer von der Plattform heruntergerannt, um uns zu melden, dass die Schotten die Wände hochsteigen. Oben bricht Hektik aus. Leo und ich verbarrikadieren schnell die Innentür. Ich renne durch den Bogengang in die Küche. Dort reißen Leute aus dem Tal Leinen in Streifen – für Verbände und um Pfeile damit zu umwickeln. Andere besänftigen ihre Kinder oder versorgen ihre Tiere. Im hinteren Teil der Küche, der durch den langen Tisch abgetrennt ist, stehen die schwarzen Rinder von James knietief in Stroh und Mist. Sie muhen, stampfen und rollen mit den Augen vor Angst. Über dem Feuer, an einem großen, fetttriefenden Haken, hängt ein weiterer Kessel mit Schweineschmalz. Glänzende, weiße Brocken rutschen am Rand entlang, versinken im schon geschmolzenen Fett und tauchen kleiner wieder auf. Ich sage ein paar Bauern, sie sollen nasse Lederstreifen unter das Eingangstor stopfen. Andere bitte ich, durch den Turm zu laufen, alle Fenster zu überprüfen und zu melden, ob irgendwo Enterhaken hängen. Doch am Ende bin ich es, die die erste hässliche Eisenkralle entdeckt.

Ich laufe in den Gemeinschaftsraum der Männer und finde Henry tot auf dem Fußboden, neben der Arkebuse, die aus ihrer Halterung gekippt ist. Aus ihrem Lauf rieselt noch Schießpulver. Henry hat eine große Wunde am Kopf. Dort hat ihn der Enterhaken getroffen, bevor er sich am Fenstersims festkrallte. Das Ding klirrt und wackelt. Jemand klettert die daran hängende Strickleiter herauf.

Es bleibt keine Zeit, um Alarm zu schlagen. Ein Gesicht erscheint im Fenster. Alles geht ganz schnell. Die hellbraunen Augen sind weit aufgerissen und funkeln angriffslustig, der bartlose Mund ist grimmig zusammengekniffen. Der junge Kerl hätte sich hereingehangelt, aber als er mich sieht, erstarrt er kurz vor Schreck und ist daher nicht schnell genug.

Ich packe sein Gesicht mit beiden Händen und stoße ihn weg. Mit einem lang gezogenen Schrei kippt er nach hinten.

Ich werfe den Enterhaken hinterher, schaue aber nicht aus dem Fenster, sondern renne sofort wieder von Raum zu Raum und suche nach weiteren Enterhaken. Die von mir losgeschickten Bauern und ich finden noch drei. Wir lockern sie mit Schürhaken und Schaufeln, bis sie mitsamt ihrer menschlichen Last zur Erde hinabsausen.

Ich weiß nicht, ob es der Absturz dieser tollkühnen Kletterer ist, der die Schotten entmutigt, aber als ich wieder oben auf der Plattform ankomme, sind sie auf dem Rückzug. Vaters Männer schicken ihnen sicherheitshalber noch zwei Dutzend Brandpfeile hinterher, doch sie sind schnell außer Reichweite. Sie fliehen durch das Tal auf die Küste zu, schleppen ihre Verwundeten mit und lassen ein gutes Dutzend grässlich aussehender Leichen auf der aschgrauen, mit Blut und Schweineschmalz getränkten Wiese vor dem Turm zurück.

Fünftes Kapitel

Bis zum nächsten Tag geht keiner von uns hinaus. Die Wachen werden über Nacht verdoppelt. Am nächsten Morgen stinkt es überall wie in einem Schlachthaus und außen am Turm hat sich eine dicke Kruste aus schwarzen Fliegen gebildet. Sie kriechen durch die Fensterschlitze herein und schwirren uns ins Gesicht. Draußen lassen sie sich in Schwärmen auf den Leichen nieder. Auf dem Gras bilden sie Muster, die sich ständig bewegen und verändern wie die Netze der Fischer auf dem Wasser.

Mein Vater ist ausnahmsweise einmal nüchtern und früh auf den Beinen. Wir stehen alle dicht zusammengedrängt im Gemeinschaftsraum der Männer, während er Dankesgebete für unsere Rettung spricht. Einige Knechte sind verwundet, aber auf unserer Seite gab es nur einen Toten: Henry. Er liegt nun in unserer kleinen Kapelle über dem Torhaus. Vater betet für seine Seele. Er spricht sogar in einem Anfall außergewöhnlicher Großzügigkeit ein kurzes Gebet für die Seelen der gefallenen Schotten.

»Er sollte aufpassen, dass der Pastor nicht hört, wie er für die Seelen Verstorbener betet«, flüstert Germaine mir zu. »Das machen doch nur Papisten.«

Ich sehe sie an. Hält sie denn zu niemandem? Nicht einmal zu meinem Vater? Ich bezweifle allerdings, dass seine Gebete viel helfen. Ich kann mir nicht vorstellen, dass Gott ihm zuhört.

»Amen«, sagen die Bauern im Chor. Ich lasse meinen Blick über ihre gesenkten Köpfe schweifen. In ein paar Minuten müssen sie an den aufgedunsenen Leichen vorbei ins Tal hinunterlaufen, um zu sehen, ob ihre Lehmhäuser noch stehen. Ihre Kinder sind nach zwei Nächten auf dem Fußboden der Gemeinschaftsräume so übermüdet, dass sie nur noch wimmern und quengeln. Der Gestank des Viehs, der nun auch hier oben kaum auszuhalten ist, mischt sich mit dem Leichengeruch von draußen. Einigen Leuten ist davon so übel, dass sie sich aus den Fenstern erbrechen.

Später gehen die meisten von uns hinunter, um das Vieh sortieren zu helfen. In den Gängen im Erdgeschoss stehen reihenweise Eimer mit Milch. Die Fußböden der unteren Räume sind mit einer dicken Dungschicht bedeckt. Die meisten Kühe leiden, weil sie bei den beengten Verhältnissen nicht richtig gemolken werden konnten. Sie bocken und schlagen aus, als Leo »Vorwärts, ihr dummen Rindviecher!« ruft und sie in den Stollen treibt, der sich zu den Kellern hinunterwindet. Dicht an dicht drängen sie durch den unterirdischen Gang zum Gewölbekeller unter der Milchkammer und dann den steilen Ausgangsstollen hinauf, in dem ein paar Steinplatten aus dem Boden gerissen sind. Danach stürmen sie ins Gehege hinaus.

Zwei Schweine, die von ihrem Besitzer aus dem Gehege gelassen werden, rennen schnurstracks auf die Leichen zu. Die Kinder verfolgen sie gespannt mit den Augen, um zu sehen, ob man sie die Leichen fressen lässt. Kate murmelt: »Blödes Viehzeug«, und scheucht die Kinder weg, während der Schweinehirt seine kleine Herde schnell den Hügel hinauftreibt.

Vater ruft: »Begrabt die Toten!« Ich sehe, dass seine Hände zittern, weil er noch nichts getrunken hat. Ich lege den Arm um ihn und drücke ihn, dann helfe ich den Bauern wieder beim Sortieren der Tiere.

Später gehe ich zur Kapelle hinauf, um Henrys aufgebahrten Leichnam zu sehen. Sonnenlicht fällt durch das hohe Fenster herein und erleuchtet die bestickte Altardecke und das linnene Leichentuch. Vier Kerzen brennen, zwei neben Henrys Kopf und zwei zu seinen Füßen. Die vier silbernen Kerzenleuchter stehen für die Evangelisten Matthäus, Markus, Lukas und Johannes. Der alte Pastor sagte, sie seien papistischer Firlefanz, aber der neue findet sie schön. Ich ziehe eine Kerze aus dem Leuchter und halte sie nahe an Henrys Gesicht, um es besser sehen zu können. Dabei tropft mir heißes Wachs auf die Hand. Es kühlt schnell ab, aber ich spüre, wie die verbrannte Haut darunter sich zusammenzieht. Henrys Wangen sind glatt und weiß, sein Kinn ist stoppelig und dunkel. Die Wunde von dem Enterhaken wölbt sich schwarz und dunkelrot hervor. Darunter ist die Schramme von meinem Ring zu sehen. Ich berühre sie mit der Hand, mit der ich zuschlug, dann wende ich mich schnell ab und reiße mir dabei am Dorn des Kerzenleuchters die Hand auf. Blut läuft mir über die Finger und durch den Türkisring. Es ist nur eine Schnittwunde, aber ich bin nicht besonders tapfer. Mit weichen Knien gehe ich wieder hinunter.

Mutter ist inzwischen eingetroffen, zusammen mit Hugh und Gerald. Verity und ich umarmen sie weinend zwischen den Dunghaufen, die Kate und Leo immer noch hinausschaufeln.

»Habt ihr alles heil überstanden?«, will sie wissen. »Ich habe mir schreckliche Sorgen um euch gemacht.«

»Ja, wir uns auch um dich, Mutter!« Ihre Wangen haben eine gesunde, rote Farbe, und sie wirkt trotz der Ängste, die sie durchgestanden hat, recht zufrieden mit sich und der Welt. Hugh und Gerald grinsen uns an, dann machen sie sich davon, um im Gemeinschaftsraum der Männer einen Humpen Bier zu trinken. Dort sind bereits die Männer versammelt, die die Leichen der Schotten auf einer Lichtung des Hügels hinter dem Barrow Wood begraben haben. Alle haben einen guten Liter Bier erhalten, der ihnen helfen soll, alles Schreckliche, das sie sahen und mit den Händen anfassen mussten, zu vergessen. Henrys Leiche wird morgen über die Old Corpse Road nach Wraithwaite gebracht und im Kirchhof beerdigt werden.

Mutter, Verity und ich gehen in Veritys Kammer hinauf, setzen uns auf die gepolsterten Steinbänke an den Wänden und lehnen uns gegen die malerischen Wandteppiche, die Verity gewebt hat. Wir sind alle drei sehr müde. Kate bringt heißen, gewürzten Wein.

»Haben sie euch auf dem Mere Point auch angegriffen?«, frage ich. Mutter schüttelt den Kopf.

»Nein, aber sie haben die Kühe gestohlen, die wir gerade wieder hinausgelassen hatten. Die werden immer gerissener – sich zu verstecken und zu warten, bis wir nicht mehr mit ihnen rechnen! Ich bin fast verrückt geworden vor Angst, als ich hörte, dass sie Barrowbeck angreifen. Aber Tante Juniper ließ mich einfach nicht weg. Und als ich heute endlich heimwollte, bestand sie darauf, dass Hugh und Gerald mich begleiten. Wobei sie die beiden nicht lange überreden musste.« Sie sagt das mit mehr Hoffnung als Überzeugung.

Wir reden, bis Kate zum Abendessen läutet. Dann gehen wir in den Wohnsaal hinauf. In letzter Zeit hat Germaine mit uns oben gegessen statt mit Kate und den Knechten in der Küche. Wie üblich ist unser Essen halb kalt, bis Kate es die Osttreppe hochgeschleppt hat. Sie knallt die Zinnteller vor uns hin. Ich glaube, sie findet, dass wir für unsere Vorrechte bezahlen sollten.

»Würden Sie es nicht vorziehen, in der Küche zu essen, Germaine?«, fragt Verity überfreundlich. Wenn sie diesen Ton anschlägt, wissen wir alle, dass es auf der Hut zu sein heißt. »Dann würden Sie heißes Essen direkt aus dem Topf bekommen. Tatsächlich spiele ich selbst mit dem Gedanken, in Zukunft in der Küche zu essen.«

»Eine gute Idee, Fräulein Verity. Vielleicht sollten wir das alle.«

Germaine nimmt noch eine Portion von dem Hammelfleisch, das in einer gelben Fettlache erstarrt.

Vater wirft Verity einen scharfen Blick zu und sagt: »Genug davon, Tochter.«

Dann beginnt er über die Wehranlagen der beiden Türme zu reden. Es ärgert mich, dass er vor Hugh und Gerald große Sprüche klopft, wo er sich doch in Wirklichkeit herzlich wenig um solche Dinge kümmert. Hugh nimmt unter dem Tisch meine Hand und drückt sie. Ich starre ihn verblüfft an. Er fragt meinen Vater: »Reitest du heute Nacht wieder los, Onkel?« Danach herrscht bestürztes Schweigen. Über Vaters bedauerliche Angewohnheit, auf einer königlichen Landstraße Reisende auszurauben, wird bei uns nicht geredet. Das ist ein ungeschriebenes Gesetz. Vater grinst seinen Neffen an. »Wahrscheinlich. Willst du mitkommen?«

Hugh erwidert mit einem höflichen Lächeln: »Nein danke, Onkel. Mein Hals ist lang genug.«

Nach dem Abendessen spaziere ich mit Verity und unseren beiden Vettern zum Barrow Wood hinauf. Hugh sagt: »Es war an der Zeit, dass mal jemand etwas sagt. Ihr solltet ihm ins Gewissen reden. Dass er der Gutsherr von Barrowbeck ist, bewahrt ihn nicht vor dem Galgen, wenn er erwischt wird.«

»Ja, ich weiß«, seufze ich. »Aber uns hätte er nicht so freundlich geantwortet wie dir.«

Es tut gut, der Enge und dem Gestank im Turm zu entfliehen und die frische, feuchte Waldluft zu atmen. Hugh nimmt erneut meine Hand, und ich sehe, wie Verity große Augen macht.

»Sag, liebe Cousine« – Hugh spricht so leise zu mir, dass nur ich ihn hören kann –, »wie geht es dir wirklich, nach allem, was du durchgemacht hast?«

»Ganz gut, danke.« Ich bin zu geschafft, um höfliche Konversation zu treiben. Außerdem stelle ich leicht beunruhigt fest, dass wir die anderen aus den Augen verloren haben. Angriff ist die beste Verteidigung, sage ich mir und hebe die Hand, die er festhält.

»Wie soll ich das verstehen, Hugh?«

Er wird rot. Hugh hat sehr helle Haut und glattes, blondes Haar, noch heller ist das seines Bruders. Alle finden, dass er gut aussieht, und ich kann verstehen, warum, aber für mich macht es keinen Unterschied, ob er schön ist oder nicht, weil ich in ihm nach wie vor nur einen Spielgefährten aus Kindertagen sehe. Wir stehen uns im dunkler werdenden Wald gegenüber.

»Wie stehst du zu den Plänen, die unsere Familien mit uns haben?«, fragt er mich.

»Hugh ... ich bin noch nicht bereit, darüber nachzudenken ...« Ich räuspere mich und versuche es noch einmal: »Natürlich liebe ich dich als meinen Vetter ...« Seine Nähe ist mir höchst unangenehm. Nie, nicht einmal bei unseren gefährlichsten Kinderspielen, hatte ich Angst vor Hugh, aber nun empfinde ich ihn plötzlich als bedrohlich. »Ich hatte nicht so früh damit gerechnet.« Ich zaudere. »Es geht mir alles zu schnell.«

»Unsere Väter haben entsprechende Wünsche geäußert, Beatie, aber es muss nicht schnell gehen.« Er lässt meine Hand los. »Ich hätte mich gefreut, wenn es bald so weit gewesen wäre ... das ist nicht nur der Wunsch unserer Väter ... aber du bist zwei Jahre jünger als ich. Ich kann warten. Könnten wir inzwischen ... vielleicht ... versuchen, einander mit anderen Augen zu sehen? Ich muss gestehen, dass dein freundlich-spöttisches Gebaren mir gegenüber dich irgendwie unnahbar erscheinen lässt.«

Ich weiß nicht, was ich sagen soll. Es wird allmählich dunkel. Hugh kommt mir auf einmal fremd vor. Er greift nicht mehr nach meiner Hand. Schweigend laufen wir auf die Hütte des alten Einsiedlers zu. Moosgrünes Dämmerlicht fällt durch das Blätterdach und sprenkelt den Waldboden. Wir erreichen eine Ecke der zerfallenden Mauer, die die Hütte umgibt, und setzen uns nebeneinander darauf. Ich sage zu Hugh: »Wir kennen uns einfach zu gut, Hugh. Ich kann dich nicht so sehen, wie du es gerne möchtest.«

Er legt mir den Arm um die Schultern, zieht ihn aber bald wieder zurück. »Ich werde dich bis zum Winter nicht mehr darauf ansprechen, Cousine.« Nach einer Weile fügt er hinzu: »Ich würde alles für dich tun, Beatrice. Ich würde für dich durch den Treibsand quer über die Bucht laufen.«

Ich stehe auf. »Jetzt übertreibst du aber, Hugh.« Ich fühle mich unbehaglich und werde nervös. Zuerst glaube ich, dass Hughs Worte der Grund dafür sind. Dann wird mir klar, dass ich ein Geräusch gehört habe. Die Einsiedlerhütte steht doch leer, oder? Da ist es wieder – ein Rascheln, als ob sich etwas bewegt.

»Hugh, ich habe etwas gehört. Du auch?«

Er steht auf und sieht sich um. »Was hast du gehört?«

»Ich weiß nicht. Da hinten hat irgendetwas geraschelt. Vielleicht nur ein Zweig.«

Auf einmal habe ich das Gefühl, dass da jemand ist. Das Gefühl hatte ich bereits auf dem Pike und auf dem Beacon Hill, aber jetzt ist es hundertmal stärker.

»Der alte Mann ist doch gestorben, oder?«

»Ja. Vielleicht hat ein anderer die Hütte in Beschlag genommen«, sage ich, bevor er von Geistern und Kobolden anfangen kann. Hugh beginnt, um die niedrige, mit Schilf gedeckte Lehmhütte zu schleichen. Ein Ast kracht unter seinem Fuß. Ich hebe meine Röcke und steige über die kaputte Mauer. Dann schlängle ich mich vorsichtig an der Vorderseite der Hütte entlang. Durch ein schmales Fenster dringt ein scheußlich muffiger Geruch aus dem dunklen Inneren ins Freie. Der Einsiedler war nicht gerade für seine Reinlichkeit bekannt. Ich schleiche zur Tür, drücke sie auf und spähe hinein. Die Binsenmatte auf dem Fußboden sieht aus, als stamme sie noch aus der Zeit von Königin Maria. Mehr kann ich nicht erkennen.

Plötzlich fegt ein böiger Wind durch die Bäume. Die Wolkenfetzen am Himmel verziehen sich und das dichte Blätterdach über mir teilt sich. Ein Lichtstreif fällt in den Wald und erhellt kurz das Innere der Hütte. Nun sehe ich den Schimmel auf der modrig riechenden Bodenmatte, eine zerbeulte Eisenpfanne, die umgedreht daliegt, und Kötel von der Ziege des Einsiedlers. Dann ist da noch etwas. In einer Ecke, in der abgeknicktes Schilf von der Decke herabhängt, liegt ein Bündel aus braun grünem Stoff. Es bewegt sich. Es ist ein Mann. Ich kann sein Gesicht sehen. Es ist zerschrammt und geschwollen, aber ich erkenne es wieder.

Sechstes Kapitel

Hugh sieht erfreut aus, als ich seine Hand nehme und ihn durch den Wald zur Abzweigung des Weges in Richtung Mere Point zurückführe. Meine Kehle ist ganz trocken und mein Kopf pocht. Die Entdeckung eines Schotten auf englischem Gebiet zu verheimlichen, kommt einem Landesverrat gleich, und dafür wird man auf dem Scheiterhaufen verbrannt. Ich kann mir mein befremdliches Verhalten nur damit erklären, dass es der junge Mann ist, dessen Gesicht ich vom Turmfenster wegstieß. Ich erinnere mich noch, wie weich seine Haut sich anfühlte und wie unheimlich leicht es war, ihn ins Leere zu stoßen.

»Ich begleite dich zum Turm zurück«, sagt Hugh, aber ich bedeute ihm, dass ich eine Weile allein sein möchte. Ich schaue ihm nach, bis er in Richtung Mere Point verschwunden ist. Als ich die Weide vor dem Turm erreiche, sehe ich, dass Verity bereits zu Hause ist. Sie steht droben auf der Plattform und beobachtet, wie die Sonne hinter der Bucht untergeht.

Eulen schreien in der Nähe, und aus der Ferne, aus den Wäldern jenseits des Wassers, dringt ein leises Heulen herüber. Ich weiß, dass das nur Füchse sind, aber in harten Wintern ist es schon vorgekommen, dass Wölfe sich aus dem schottischen Grenzgebiet um die Bucht herum bis nach Milnthorpe vorwagten.

Ich setze mich auf einen Baumstumpf und denke über mein sonderbares Verhalten nach. Der junge Schotte ist offensichtlich verletzt, vielleicht sogar schwer, sonst wäre er mit den anderen geflohen. Wahrscheinlich schleppte er sich vom Schlachtfeld weg, nachdem ich ihn vom Fenster gestoßen hatte, und schaffte es nicht mehr, sich seinen Kumpanen rechtzeitig anzuschließen, als sie sich zurückzogen. Er ist mein Feind, aber es ist meine Schuld, dass er verletzt ist. Andererseits hat er uns zuerst angegriffen. Ich hätte Hugh von ihm erzählen sollen, und nun ist es meine Pflicht, ihn Vater zu melden, der ihn sogleich von einem Richter aus Milnthorpe zum Tod durch den Strang verurteilen lassen wird. Stattdessen bin ich im Begriff, nach Hause zurückzukehren, um Essen und Wasser für den Schotten zu besorgen.

Ich stehe auf und laufe schnell auf den Turm zu. Die Schafe hören auf zu grasen, als ich an ihnen vorbeikomme, und stieben auseinander, als bedeute meine Eile Gefahr für sie. Ich öffne behutsam das Eingangstor und husche in die Küche. Es ist niemand da; das Feuer ist fast heruntergebrannt. Auf Zehenspitzen hole ich Brot, Käse und Milch und packe alles in einen Korb. Dann schleiche ich in den Rübenkeller hinunter und stelle eine Lederflasche unter den Hahn des kupfernen Wasserbehälters. Während ich warte, bis sie voll ist, schaue ich mich in dem nur spärlich beleuchteten Gewölbe um. Wir haben keine Tiere in den Rübenkeller gelassen, aber da der Gang zu ihm voller Kot war, ist der Gestank bis hier hereingedrungen und verpestet nun unseren letzten Vorrat an Winterkarotten und weißen Rüben.

Als die Flasche voll ist, ramme ich mit der Faust einen Holzstöpsel hinein und schleiche den Gang wieder hinauf. Es ist immer noch niemand in der Küche. Draußen vor dem Turm haben sich während meiner Abwesenheit Schatten ausgebreitet. Über der Bucht ist noch ein rötlicher Lichtstreif zu sehen, aber um mich herum ist es fast dunkel. Mit dem Korb und der Flasche unter meinem Umhang laufe ich auf den Wald zu.

Zwischen den Bäumen ist es noch dunkler. Ich stolpere immer wieder über Baumwurzeln, obwohl ich den Weg gut kenne. Ich traue mich nicht, nach hinten oder zur Seite zu sehen. Die Ruhe der Dämmerung ist vorbei. Nun dringen Geräusche aus dem Unterholz. Als ich vom Hauptweg abbiege, erkenne ich fast gar nichts mehr. Ich versuche, an harmlosere Dinge zu denken als an Wölfe und Hexen.

Plötzlich bin ich an der Mauer, die die Hütte umgibt, und falle in der Finsternis fast über sie. Stellenweise ist sie völlig mit Brombeeren überwuchert. Auch rund um die Hütte wachsen überall Brombeeren. Sie ranken sich sogar die Lehmwände hinauf. Steine sind aus der Mauer auf den Weg gefallen, der zum Eingang führt. Ich muss vorsichtig über sie hinwegsteigen. Ein Stein rutscht mir unter dem Fuß weg, so dass ich beinahe kopfüber in die Dornen stürze. Außerdem kündigt er mit seinem Gepolter mein Kommen an.

Was ist, wenn ich mich geirrt habe und der Schotte gar nicht verletzt ist? Wenn er in diesem Augenblick schon hinter einem Baum auf mich wartet? Schnell stelle ich den Korb und die Flasche auf die wurmstichige Schwelle und ergreife die Flucht.

In unserer Küche brennen nur zwei Kerzen und das Feuer. Verity hat es wieder entfacht. Sie sitzt mit hochgelegten Füßen auf Kates Eichenbank und beobachtet den Kessel über dem Feuer, der gerade zu dampfen beginnt. Sie deutet auf eine Dose aus Baumrinde, in der sie getrocknete Kamillenblüten aufbewahrt.

»Willst du einen Schlummertrunk?« Ihre Stimme klingt normal, aber ich sehe ihr an, dass etwas nicht stimmt. Sie hat schon ihr cremefarbenes Leinennachthemd und ihren grauen, wollenen Hausmantel an und ihr Haar fällt offen über ihre Schultern. Sie würde wie ein Engel aussehen, wenn ihr Gesicht nicht verquollen und gerötet wäre. Auf einer Wange ist ein großer Fleck und unter ihren Augen glänzt es feucht. Verity hat geweint.

»Ja gern, danke. Ich kann etwas Beruhigendes brauchen.«

Sie zieht die Augenbrauen hoch. Sie hatte eigentlich nicht vor, mich zu fragen, aber wenn ich von mir aus anfangen will zu reden, so ist es etwas anderes. Das Wasser im Kessel kocht. Sie schöpft unsere Zinnbecher voll. Die zusammengeschrumpelten Kamillenblüten gehen unter und kommen wieder hoch, für eine Weile wieder prall und saftig gelb und weiß. Die Blütenblätter kitzeln an meinen Lippen, als ich einen Schluck nehme.

»Ist es wegen Hugh?«, fragt sie.

»Ja, ich glaube, Vater und Onkel Juniper haben ihn ermuntert. Es ist wohl unvermeidlich.«

Verity verschüttet Tee auf ihren Hausmantel.

»Unvermeidlich? Nichts ist unvermeidlich, Beatie! Ich glaube, du hast den Verstand verloren – Hand in Hand mit Hugh in den Wald zu spazieren! Ich hab meinen Augen nicht getraut. Hugh und Gerald sind auch so zwei von Vaters Schlag. Du bist nichts mehr, wenn du einem von ihnen nachgibst.«

Ich starre sie an. »Aber haben wir denn eine andere Wahl? Was wird aus den beiden Höfen, wenn wir sie nicht in der Familie halten?«

»Nichts anderes als jetzt, würde ich sagen. Wir müssen uns nicht selbst verkaufen, um unser Land zu behalten.«

»Das weiß ich, aber ...« Ich habe das Gefühl, unsere Vettern in Schutz nehmen zu müssen. »... Hugh und Gerald sind nicht wie Vater, Verity. Sie sind unsere Freunde.«

»Warte nur ab, bis sie Ehemänner sind. Dann wirst du schon sehen. Du musst zu Hugh auf den Mere Point ziehen und dein Zuhause und alles, was du liebst, verlassen. Und Gerald, der übrigens nicht mein Freund ist und den ich nicht ausstehen kann, wird hierher kommen und das Kommando übernehmen wollen. Nein, das kommt nicht infrage. Wir beide können Barrowbeck auch alleine bewirtschaften.« Sie zupft sich eine Kamillenblüte aus den Zähnen und schnipst sie auf die Feuerstelle.

»Du meinst, wir sollen gar nicht heiraten? Das würden sie uns nie erlauben. Ich traue es Vater zu, dass er uns enterbt.«

Verity nimmt die Füße von der Bank, um für mich Platz zu machen. »Ja, und ich traue es mir und dir, Schwester, zu, dass wir in einer wolkenlosen Nacht, wenn ein durchreisender Lord auf der Landstraße überfallen wird, Richter Chantry in Milnthorpe einen Besuch abstatten.«

Ich sehe sie skeptisch an. Sie lächelt. »Na gut, das vielleicht nicht, aber ich würde einen unbändigen Drang verspüren, Vater damit zu drohen.« Sie greift nach dem Schürhaken und dreht ein Holzscheit um, so dass seine rot glühende Unterseite Hitze in den Raum ausstrahlt. Licht fällt auf ihr Gesicht, als sie sich zurücklehnt und mich ansieht. »Sie können uns nicht zwingen zu heiraten, Beatie. Wobei man dich wohl nicht zwingen müsste, wenn Pastor Becker neben dir auf der falschen Seite des Altars stünde.«

Mein Gesicht glüht. »Du fantasierst, Verity«, entgegne ich schnippisch. »Außerdem ist Pastor Becker bereits verheiratet – mit seiner Arbeit.«

»Hm ...« Der Anflug eines Grinsens zeigt sich auf ihrem Gesicht. Ich bin so froh, dass ihre Tränen versiegt sind, dass ich ihr den triumphierenden Blick verzeihe. Im Übrigen finde ich die Vorstellung recht aufregend. Das Feuer fällt zu Glut und Asche zusammen; nur eine einzige kalte Flamme flackert noch in der Mitte. Ich küsse meine Schwester auf den Kopf und ziehe mich in meine Kammer zurück. Im Bett erinnere ich mich daran, wie rau das schwarze Gewand von Pastor Becker sich anfühlte, als er mich einmal nach einem Sturz von meinem Pony tröstete. Der Schotte und das, was ich getan habe, um ihm zu helfen, kommen mir jetzt unwichtig, weit weg und unwirklich vor. Ich verdränge alle Gedanken an ihn aus meinem Kopf. Wahrscheinlich ist er längst fort.

Siebtes Kapitel

Am nächsten Morgen bin ich mir meiner Sache nicht mehr so sicher. Ich weiß, dass ich zurückgehen und nachsehen muss.

Hastig erledige ich die morgendlichen Aufgaben und will nach dem Mittagessen gerade aufbrechen, als uns die Nachricht erreicht, dass der Steuereinnehmer der Königin auf dem Weg von Lancaster hierher ist, um unsere Steuern zu kassieren. Vater besteht darauf, dass ich zu Leo hinuntergehe und ihm helfe, die Rinder zu sortieren. Die magersten und schwächlichsten führen wir auf die Felder hinaus, wo sie an Disteln herumnagen müssen, die guten und kräftigen dagegen treiben wir durch das Gehege in die unterirdischen Räume. Verity wird herumgeschickt, um alle Leute anzuweisen, ihre ärmlichsten Klamotten anzuziehen. Zum Leidwesen des Steuereinnehmers verbreitet sich die Nachricht von seinem Kommen noch schneller als eine Warnung vor den Schotten.

Mutter behagt es nicht, dass wir dem Hofbeamten

vortäuschen, so arm zu sein, dass man uns fast nicht besteuern kann. Sie gibt ihm jedes Mal einen schön reifen und festen Käse aus der Milchkammer mit, einen, der schon eine dunkle Rinde hat und kräftig genug ist, um einen vom Schüttelfrost zu heilen. Der Steuereinnehmer sagt immer, er nähme ihn als Geschenk für die Königin mit. Vielleicht stimmt das auch, doch wir vermuten, dass er ihn selbst behält. Dafür bringt er uns Seife aus London mit. Die ist heller als unsere selbst gemachte und nicht so fettig, ein echter Luxus.

Nach der Ankunft des Steuereinnehmers stellt sich heraus, dass er in der vergangenen Nacht auf der Landstraße, bei Kerne Forth, ausgeraubt wurde. Vater zeigt sich erschüttert und empört und bietet dem Mann an, ihm mit einer kleinen Sonderzahlung in seine private Reisekasse aus der Verlegenheit zu helfen. Wir vermeiden es, einander anzusehen. Als ich in den Rübenkeller hinuntergehe, um für den Schotten eine Flasche mit Wasser zu füllen, sortiert Vater dort gerade seine Münzen, um dem Mann nicht sein eigenes Geld zurückzugeben.

Ich weiß, dass ich versuchen sollte, dem kriminellen Doppelleben meines Vaters ein Ende zu setzen, aber ich fürchte seinen Zorn. Außerdem wäre es sowieso zwecklos. Er kann seine nächtlichen Raubzüge ebenso wenig lassen wie das Trinken. Ich habe große Angst, dass er eines Tages erwischt wird. Wenn ich ein gesundes Empfinden für Recht und Unrecht hätte, würde ich vermutlich wollen, dass er erwischt wird, damit er nie mehr unschuldige Menschen in Angst und Schrecken versetzen und ausrauben kann. Aber ich weiß ja inzwischen, dass ich kein gesundes Empfinden für Recht und Unrecht habe, sonst würde ich keinen Schotten schützen.

Als ich mich endlich auf den Weg zur Einsiedlerhütte mache, begegne ich am Waldrand unserem Nachbarn James. Jetzt werde ich wirklich nervös. Komme ich hier denn nie weg? James ist auf dem hinteren Weg von seinem Hof hochgelaufen. Er hat Eier und Honig für uns dabei. Wir vom Turm haben weder Hühner noch Bienen, aber wir erhalten von James und den Bauern der umliegenden Gehöfte Eier, Geflügel und Honig als Gegenleistung für unseren Schutz. James sieht meine Flasche und mein Öltuchbündel und beschließt, schnell seinen Korb vor dem Turm abzustellen und sich mir anzuschließen. Ich sage zu ihm, dass mich das freuen würde, denn ich sei auf dem Weg zu der Kapelle auf den Klippen, um dort ein paar stille Stunden der Einkehr und des Gebets zu verbringen. Darauf erinnert James sich plötzlich an eine wichtige Verabredung anderswo.

Es ist regnerisch und kühl heute. Der Weg ist matschig. Weiter oben, wo er steinig wird, begegne ich meiner kleinen Stute Hilda, die zur Weide hinuntertrappelt. Ich gebe ihr einen Apfel mit braunen Flecken den ich eigentlich selbst essen wollte. Er ist der letzte, den ich zwischen dem Stroh in der Ecke des Rübenkellers fand, und eine kleine Kostbarkeit, denn bis zum Herbst gibt es keine Äpfel mehr. Ich spüre Hildas samtigen, weißen Atem auf meiner Handfläche, als sie an dem Apfel schnuppert. Dann zermalmt sie ihn sabbernd zwischen ihren großen, gelben Zähnen. Mich beschleicht das bange Gefühl, dass ich es nach der Lüge, die ich James erzählt habe, verdienen würde, wenn mir im Wald etwas Schreckliches passiert. Vielleicht begegne ich dem Grünen Mann oder einem anderen bösen Waldgeist, der mich dafür bestraft, dass ich die fromme Pilgerin gespielt habe, während ich in Wahrheit eine Verräterin bin. Der Apfel ist nur eine kleine Buße. Hoffentlich reicht sie aus.

Ich erreiche den Wildbach. Schnell dahinfließendes Wasser glitzert durch den Bodennebel. Es ist sehr ruhig im Wald. Ich höre nur das Plätschern des Baches, während ich durchs dichte Unterholz pirsche und mich immer wieder ducke, um tief herabhängenden Ästen auszuweichen. Auf dem Waldboden bilden Waldanemonen weiße Muster. Aus dieser Richtung ist die Hütte nicht zu sehen. Ich erkenne sie erst, als ich fast da bin. Ihr hinterer Teil ist von einem Dickicht aus Bäumchen und Brombeersträuchern umgeben. Überall um mich herum läuft Wasser von nassen Blättern an dünnen Stämmen hinunter. Ich denke an den Grünen Mann mit seinen blättrigen Fingern und den Astlochaugen und an Geister, die in Bäumen gefangen sind. Sie sind so neidisch auf unsere Freiheit, dass wir auf Holz klopfen müssen, um ihnen zu zeigen, dass wir ihnen Achtung erweisen, und um sie zu besänftigen, wann immer wir merken, dass wir allzu übermütig werden.

Ich schleiche an der Grenzmauer entlang zur Vorderseite der Hütte. Nichts rührt sich. Draußen und drinnen ist alles ruhig. Ein Schauer läuft mir über den Rücken. Womöglich ist der Schotte inzwischen tot. Vielleicht wäre das sogar besser für ihn. Ich raffe meine Röcke zusammen und zwänge mich durch eine Lücke in der Mauer. Ich steuere nicht auf die Tür zu, sondern kämpfe mich durch die Brombeeren zu einem der schmalen Fenster vor. Im Fensterrahmen hängen die Überreste eines durchscheinenden gefetteten Leinenfetzens, der einst als Fensterscheibe diente.

In der Hütte ist es zu dunkel, um etwas zu erkennen. Meine Röcke haben sich in den Brombeeren verfangen. Ich löse sie heraus und nähere mich dem Eingang. Die Tür steht immer noch halb offen, aber der Korb und die Flasche sind von der Schwelle verschwunden. Ich mache einen Schritt hinein.

Der Gestank und der Anblick, der sich mir bietet, verschlagen mir den Atem. Der Schotte ist tatsächlich da, aber ich habe noch nie einen Menschen in einem so schlimmen Zustand gesehen. Er liegt schmerzverkrümmt auf der Seite. Seine Augen sind in den Kopf zurückgetreten. Er hat Schaum vor dem offenen Mund. Sein Gesicht ist mit Speichel und Dreck überzogen. Sein einer Arm ist eindeutig gebrochen. Kein normaler Ellbogen lässt sich in diesem Winkel beugen. Jedes sichtbare Stück Haut glänzt fahl von Fieberschweiß. Sein Unterkiefer zuckt und macht groteske Kaubewegungen.

Er liegt auf einem Lager aus verrottetem Stroh. Entsetzt laufe ich zu ihm hinüber. Ich hätte ihn nie in diesen Zustand geraten lassen dürfen. Seine Beine zucken unter dem dreckigen, braun-grünen Rock. Seine verdrehten Augen bewegen sich, aber er sieht mich nicht. Ich hocke mich neben ihn hin und flüstere: »Ist ja gut.« Ich kann bereits spüren, wie heiß er ist, bevor ich ihn berühre. Ich lege ihm die Hand auf die Stirn. Sie glüht unter einer Schicht aus fettigem Schweiß. »Keine Angst.« Ich streiche ihm das Haar aus dem Gesicht. »Wir brauchen etwas Wasser.« Ich sehe mich im Raum um. Die Flasche steht in einer Ecke. Sie ist noch halb voll. Ich halte sie dem Schotten an den Mund. Seine Lippen bewegen sich schwach, Flüssigkeit läuft ihm das Kinn herunter. Ich stütze ihm den Kopf und träufle ihm das Wasser in den Mund.

»Das ist gut. Nimm noch ein bisschen.« Ich flöße ihm noch ein paar Tropfen ein, an seinen zusammengebissenen Zähnen vorbei. Sein Gestank dreht mir den Magen um. Kate sagt immer, dass man eine Krankheit am Geruch erkennen kann. Ich frage mich, was sie wohl zu diesem sagen würde.

Als ich es endlich geschafft habe, dem Schotten schätzungsweise eine halbe Tasse Wasser zu verabreichen, zucken seine Beine nicht mehr, und seine Augen haben sich geschlossen. Er liegt schwer auf meinem Arm.

»Ich muss dich waschen«, flüstere ich und stehe auf. Mir wird klar, dass ich auch die Hütte sauber machen muss, wenn er gesund werden soll. Sie besteht nur aus diesem einen, kleinen Raum. Der einzige Einrichtungsgegenstand ist das Strohlager. Die Binsenmatten auf dem Fußboden sind schwarz und stinken, überall liegen Kötel von der Ziege des Einsiedlers. Braune Käfer laufen geräuschvoll zwischen den vermodernden Matten herum. Kleine, rotbraune Fliegen schwirren mir um die Knöchel. Ich beschließe, zuerst den Schotten zu waschen und dann die Hütte zu putzen.

Zu Hause bestreuen wir unsere Fußböden im Winter mit gehäckselten Binsen aus dem Mistholme Moss, dem Torfmoor neben der Straße zum nächsten Dorf, und im Sommer mit Heu und Gewürzkräutern. Ich werde Wermut gegen die Fliegen, Lorbeer gegen die Käfer, außerdem Rosmarin, Lavendel und Waldmeister für eine heilsame Luft auf den Boden der Hütte streuen.

Ich nehme Wasser aus den Flaschen und dann noch welches aus dem Bach, um den Schotten zu waschen. Als Tücher habe ich nur die, in die das Brot eingewickelt war, aber die müssen reichen. Zuerst reinige ich ihm behutsam das Gesicht, dann wische ich ihm den Nacken, die Schultern und die Beine ab. Es ist ein seltsames Gefühl, einen erwachsenen Mann zu waschen. Ich bin froh, dass er das Bewusstsein verloren hat. Dann versuche ich, seinen Ärmel zurückzuschieben, um mir seinen verletzten Arm anzusehen. Obwohl ich ganz vorsichtig bin, entfährt ihm ein Schmerzensschrei. Ich warte, ob er zu sich kommt, aber es sieht nicht so aus. Also mache ich weiter. Sein Oberarm sieht schrecklich aus. Rohes Fleisch eitert auf dem Knochen, und als ich genauer hinschaue, kann ich sogar den Knochen sehen. Vielleicht ist dieser Arm gar nicht mehr zu retten. Ich habe schon ähnlich schlimme Wunden gesehen, bei denen der Arm oder das Bein entfernt werden musste. Das macht unser hiesiger Knochenbrecher – ein Furcht einflößender Riese, der auf den Klippen wohnt und den wir den Muschelmann nennen. Manchmal kommt auch der Arzt aus Milnthorpe und versucht das verletzte Glied zu retten, aber die meisten Leute aus dem Tal können sich sein hohes Honorar nicht leisten.

»Du brauchst einen Arzt, mein armer Feind«, sage ich zu dem Schotten, »aber wenn ich den Arzt hole, wird er dich den Behörden übergeben, und du wirst gehängt.«

»Ja.«

Ich falle beinahe in Ohnmacht vor Schreck.

»Mach weiter, Mädchen. Wasch mich. Lass mich wenigstens sauber sterben.«

Ich reiße mich zusammen und erwidere kühl: »Du wirst nicht sterben, Schotte.«

»An einem Versuch hast du's ja nicht fehlen lassen. Warum willst du mir jetzt auf einmal das Leben retten?«

»Hast du erwartet, dass ich dir durchs Fenster in den Turm helfe? Ich musste mich und meine Familie verteidigen. Das heißt aber nicht, dass ich jetzt einen wehrlosen Mann einfach dahinsiechen lasse.« Ich ziehe mein Messer aus dem Gürtel und schneide ihm den Ärmel ab. Seine Augen flackern, als er Metall aufblitzen sieht, und er stöhnt vor Schmerz. Ich hole ein Päckchen aus meinem aufgeschnürten Bündel. »Hier, ich habe etwas Weidenrinde mitgebracht. Die lindert den Schmerz.« Ich stecke ihm einen Streifen Weidenrinde zwischen die Zähne. Dann säubere ich die Haut um die Wunde. Er krümmt sich vor Pein. Als ich die Verletzung besser erkennen kann, überlege ich mir, wie sein Arm liegen sollte. Er ist über dem Ellbogen gebrochen. Das Fleisch ist tief aufgerissen. Ich sehe den Schotten an und er sieht mich an. Jetzt befeuchte ich ein Stück Weidenrinde mit einer Hand voll Wasser aus der Flasche und lege es ihm auf die Zunge. Er saugt daran und schließt die Augen. Ich streichle ihm übers Haar, dann packe ich seinen Arm mit beiden Händen und ziehe. Es ist ein Segen, dass er in diesem Augenblick wieder ohnmächtig wird. So schreit er nicht, und ich kann mich voll darauf konzentrieren, den Knochen in die richtige Lage zu bringen und an der Bruchstelle zusammenzufügen.

Als der Knochen ganz gerade aussieht, nehme ich Mutters Heilsalbe aus Holunderbeeren, Ringelblumen und Mutterkraut, von der ich ein Töpfchen mitgebracht habe, und trage den größten Teil davon auf die Wunde auf. Danach schiene ich den Arm mit einem geraden Ast und umwickle ihn mit den Tüchern, mit denen ich den Schotten gewaschen habe. Der Mann zittert jetzt. Ich decke ihn mit meinem grauwollenen Umhang zu und trage seine blutigen Sachen zum Bach, um sie zu waschen. Als ich sie eintauche und das Blut im Wasser hochwirbelt, sehe ich noch einmal die ähnlich gekleideten Schotten vor mir, die in einer Reihe auf mich zugerannt kamen und mich einkreisen wollten, und einen Augenblick lang bin ich froh, dass ich ihn verletzt habe. Ich hänge seine Sachen zum Trocknen über die Brombeersträucher und gehe wieder in die Hütte. Er scheint inzwischen eingeschlafen zu sein. Vorerst muss er sich mit diesem modrigen Strohlager voller Ungeziefer begnügen, aber wenn ich wiederkomme, bringe ich einen Strohsack, Decken, mehr Medikamente, Verbände, einen Besen und Binsenstreu für den Fußboden mit.

Achtes Kapitel

Am nächsten Tag gehe ich wieder hin, am übernächsten auch. Der Schotte scheint beschlossen zu haben, nicht mehr mit mir zu reden. Er liegt mit weggedrehtem Kopf da, während ich die Hütte sauber mache und ihn ebenfalls. Er heißt Robert. So viel habe ich aus ihm herausbekommen. Und er gehört zu den Lacklies, einer der berüchtigten Familien aus dem schottischen Grenzgebiet, welche die Königin öffentlich angeprangert hat. Ich entdecke einen französischen Rosenkranz an seinem Gürtel. Als ich ihm den in die Hand drücke, redet er ausnahmsweise einmal wieder mit mir. Er sieht mich fragend an und sagt: »Ich danke dir. Du bist sicher keine . . . ?«

Ich schüttle den Kopf. »Nein, aber wenn es dir besser geht, bringe ich dich auf die andere Seite der Bucht zu den Mönchen in Cartmel.«

Eine Woche vergeht. Die alte Hütte ist sauber und Robert liegt auf einem Strohsack. Er hat ausrangierte Sachen von meinem Vater an, in denen er komisch aussieht, denn sie sind zu kurz für ihn.

Ich bin zufrieden mit dem Ergebnis meiner Bemühungen, seinen gebrochenen Arm wieder zu richten. Der Knochen beginnt schon zusammenzuwachsen. Aber das aufgerissene Fleisch ist gelb und schlaff und scheint abzufaulen. Dünne Fetzen lösen sich ab und kein Kraut kann seinen Gestank überdecken. Ich wasche die Wunde täglich aus und verbrauche ungeheuer viele Verbände. Wenn ich sie einmal benutzt habe, sehen sie so übel aus, dass ich sie verbrennen muss.

Eine weitere Woche vergeht. Robert hat Anfälle von Fieberwahn. Dann fantasiert er in Französisch und einer anderen Sprache – vermutlich Schottisch. Er ist zu schwach, um aufzustehen. Er hat nicht einmal die Kraft, sich umzudrehen. Ich muss jetzt zweimal am Tag die halbstündige Wanderung durch den Wald machen, um ihn zu pflegen und seine Wunde zu versorgen. Ich habe den letzten Rest an zerrissenen Bettlaken verbraucht, die wir als Verbände in einer Truhe aufbewahren, die auf dem Absatz der Osttreppe vor dem Gemeinschaftsraum der Frauen steht. Der Vorrat war nach der Schlacht bereits stark geschrumpft. In meiner Verzweiflung verstecke ich eines Nachts meine Schere unter den Röcken und schleiche hinauf zu dem Wäscheschrank im kleinen Raum neben dem Kamin des Wohnsaals. Ich kann meinen Vater in seiner Kammer auf der anderen Seite des Kamins schnarchen hören. Zum ersten Mal wünsche ich, er wäre draußen auf der Landstraße. Ich habe ein furchtbar schlechtes Gewissen. Was ich da vorhabe, ist ein Verbrechen. Bettlaken sind kostbar und Mutter ist immer so pingelig mit ihnen. Sie müssen sorgfältig gewaschen und mit Lavendelwasser parfümiert werden. Dann packen Mutter und Kate sie bei den Ecken, ziehen sie zwischen sich hin und her und schwenken sie ruckartig auf und ab, bis sie glatt sind. Anschließend werden die Ecken und Säume exakt aufeinander gefaltet. Laken sind nicht bloß Laken. An ihnen erkennt man einen gut geführten Haushalt.

Ich öffne den Schrank. Cremefarbene Bettwäsche ist in tiefen Fächern übereinander gestapelt. Ich stelle meinen großen, kupfernen Kerzenständer auf den Boden. Die Flamme flackert, weil es dort, wo er steht, zieht. Deshalb schiebe ich ihn mit dem Fuß woanders hin; er schrammt laut über den Boden. Vater hustet und hört auf zu schnarchen. Ich warte eine Weile, dann greife ich in den Schrank und taste, welches Laken am weichsten ist. Schließlich zerre ich ein großes heraus. Ich will die Schere hineinstoßen, bevor ich den Mut verliere, aber sie rutscht an dem dicken Leinen ab und verdreht mir die Hand. Ich hole tief Luft und versuche es erneut. Diesmal schneide ich in den Rand. Als ich den festen, doppelten Saum durchtrennt habe, gibt es kein Zurück mehr.

Es ist ein sehr großes Laken, darum versuche ich es mittendurch zu reißen, aber das geht nicht. Der Stoff verzieht sich nur. Winzige Fusseln wirbeln ins Kerzenlicht. Ich sehe ein, dass mir nichts anderes übrig bleibt, als die Schere zu nehmen. Sie scheuert mir die

Hand wund, während ich unsere kostbare Bettwäsche in Stücke schneide – für einen Schotten.

Ein paar Tage später kommt mir der Gedanke, dass Robert vielleicht deshalb so verstockt schweigt, weil er schwermütig ist. Von da an mische ich Borretschöl in die Suppe, mit der ich ihn füttere. Das scheint ein wenig zu helfen, wenn er überhaupt in der Lage ist zu essen – manchmal ist er das nicht.

Eines Tages sagt er: »Du bist ein hübsches Ding.« Unter anderen Umständen wäre eine solche Schmeichelei lachhaft platt gewesen, aber so nehme ich ihm ab, dass er tatsächlich etwas Nettes sagen wollte. Er wäre übrigens selbst recht hübsch, wenn er nicht in diesem erbärmlichen Zustand wäre. Inzwischen fault ihm das Fleisch vom Arm, und er ist so hilflos, dass ihm die Glieder zittern, wenn ich ihn bewege. Ich mache mir Sorgen und habe Albträume seinetwegen.

»Warum überfallt ihr uns?«, frage ich ihn, als er langsam gesprächiger wird. »Könnt ihr denn nicht selbst Vieh züchten?«

»Wir kommen nicht allein wegen eures Viehs, Beatrice«, erwidert er. »Das ist nur ein Vorwand. Wir wollen euch in Aufruhr versetzen, hier unten im Grenzgebiet Widerstand gegen die Gesetzesänderungen eurer protestantischen Königin schüren. Wir wollen und werden Maria Stuart, die gute Königin der Schotten, auf dem englischen Thron sehen.«

Ich bin empört. »Du machst also kein Geheimnis daraus. Nur gut, dass eure Maria eingesperrt ist, Schotte!«

Er versucht, mit der gesunden Schulter zu zucken. »Vielleicht lässt du mich jetzt verrecken.«

In der Woche nach meinem Lakenraub wird mir klar, dass ich Hilfe brauche. Ich muss eine weise Frau oder einen Arzt um Rat fragen, ohne zu verraten, warum ich sie benötige. Ich weiß, dass Mutter Bain, eine weise Frau und Wahrsagerin, auf dem Maimarkt in unserem Nachbardorf sein wird. Hoffentlich hält Robert bis dahin durch.

Er hält durch. Am frühen Morgen des 1. Mai beobachten Verity und ich von der Plattform des Turms aus, wie Bauernfamilien, deren Frauen sich Blumen ins Haar gesteckt haben, aus dem Nebel auftauchen, an unserem Turm vorbeiziehen und über das steinige Feld am Waldrand zu dem Fußweg strömen, der zur Old Corpse Road führt. Es ist ein fast einstündiger Marsch nach Wraithwaite, wo der Maimarkt stattfindet. Der Weg ist teilweise nur ein schmaler Trampelpfad, der in einer tiefen Kluft zwischen nackten Kalksteinfelsen nach oben verläuft. Die meisten Leute sind zu Fuß unterwegs, nur ein paar zu Pferd. Ein Pferdewagen voller alter Frauen und Kleinkinder rumpelt vorbei. Er nimmt den längeren Weg um den Wald.

»Eberesche, heiß geliebt,
Wie teuer du mir bist.
Du bist, ich schwör's, der schönste Baum,
Den's hier im Norden gibt,
Eberesche, heiß geliebt ...«

Kates reine, kräftige Stimme schallt zu uns herauf. Sie führt Vaters Hengst ins Gehege. Er scheint gerade erst nach Hause gekommen zu sein. Verity reißt sich die Haube vom Kopf und schleudert sie gegen den kleinen Signalfeuerturm. »Ich fürchte, für unseren Vater ist ein Wagen zur Hölle reserviert, Beatie.«

Wir reden nicht mehr über ihn. Heute ist ein Festtag, wir vom Turm können allerdings noch nicht zum Maimarkt aufbrechen. Es ist zur Tradition geworden, dass wir erst später eintreffen. Vermutlich finden unsere Leute, dass wir ihnen den Spaß verderben. Während immer mehr Bauern von den Gehöften im Tal unten vorbeiströmen, laufen Verity und ich auf der Plattform herum, begutachten Schäden, die die Schotten verursacht haben, und beratschlagen, ob wir die irischen Bauhandwerker holen müssen, die manchmal herüberkommen, um Reparaturen auszuführen.

Ich lehne mich über die Brustwehr, rupfe kleine Brocken Schweineschmalz, die der Wind und der Regen hart und spröde gemacht haben, von der Mauer und ziehe in Erwägung, Verity in mein Geheimnis einzuweihen. Ich verspüre den sehnlichen Wunsch, es mit jemandem zu teilen. Aber als ich den Zorn auf die Schotten in ihrer Stimme höre, weiß ich, dass ich es niemandem erzählen kann, nicht einmal ihr.

Später brechen wir zusammen mit Hugh, Gerald, Germaine und James zu Pferd zum Maimarkt auf.

Hugh reitet neben mir her. Er redet nicht viel. Ich glaube, er ist gekränkt, weil ich ihn vernachlässigt habe. Zwischen Verity und Gerald, die uns folgen, herrscht noch tieferes Schweigen. Bald lässt Gerald sich zurückfallen, um neben Germaine herzureiten, und James Sorrell galoppiert nach vorn, um sich Verity anzuschließen. Wir überholen Scharen von Fußgängern. Vor den Felsen sitzen wir ab und führen unsere Pferde den schmalen, steilen Pfad hinauf. Steine stieben unter ihren Hufen weg und poltern ins Tal hinab. Als Hugh und ich oben angelangt sind und auf die anderen warten, nimmt er Hildas Zügel und zieht mich beiseite.

»Ich muss vielleicht weg, Beatrice. Du darfst das noch niemandem sagen, aber ich wollte, dass du es weißt.« Er ergreift meine Hand.

»Weg? Warum?«

Germaines Kopf erscheint über der Felswand, dann der von Gerald. Hugh flüstert mir zu: »Unsere Lords von Cumberland planen einen Rachefeldzug gegen die Schotten. Sie wollen über die Grenze marschieren und ihre Burgen und Häuser niederbrennen, und sie haben die Lords von Westmorland aufgerufen, sich ihnen mit allen verfügbaren Männern anzuschließen. Ich muss mitgehen. Es heißt, dass die Königin persönlich den Plan insgeheim unterstützt.«

Ich starre ihn entsetzt an. »Wer geht denn noch mit?« Hugh zuckt die Achseln und hilft Verity, ihr Pferd auf die Kuppe hochzuziehen. Als alle übrigen ebenfalls oben angelangt sind, sitzen wir auf und reiten weiter.

»Auch Gerald wird mitkommen«, sagt Hugh, sobald die anderen ein Stück vor uns sind. »Unser Vater ebenfalls und dein Vater wird uns sicher anführen.«

Ich starre nach vorn. Mich fröstelt vor Angst. Wir reiten durch Wiesen mit blühenden Grasrispen voller Blütenstaub, die in der flimmernd heißen Luft zittern. Blaue Glockenblumen und dunkelrote Kleeblüten leuchten zwischen den Felsen. Kleine Büschel Schafswolle hängen an den Brombeersträuchern; einige Leute sammeln sie ein, um sich das Gesicht und die Hände damit abzureiben. Ich nehme die schöne, friedliche Landschaft kaum wahr. Meine Gedanken sind bei Robert, meinem Feind, der krank und allein in der Einsiedlerhütte liegt.

Neuntes Kapitel

Mutter Bain ist sehr alt und sehr runzlig. Ihre graue, nicht gestärkte Leinenhaube hängt ihr schief über die Ohren. Die langen Fingernägel sind gelb, die tränenden Augen milchig blau. Sie hat einen krummen Rücken und wirkt außerordentlich zerbrechlich, wie sie da in ihrem kleinen Zelt abseits der Marktstände und des Festrummels sitzt. Ich muss mich eine Stunde lang anstellen, um hineinzukommen. Während ich warte, beobachte ich einen Umzug blumengeschmückter Kinder, die fröhliche Mailieder singen, und ich wünsche mir, ich wäre noch so unschuldig und unbeschwert wie sie.

»Nun, Fräulein?« Mutter Bain vergeudet keine Zeit mit höflichen Begrüßungsfloskeln. Ihre Stimme knarrt wie ein schlecht geöltes Scharnier. Ich suche nach den richtigen Worten, aber plötzlich verliere ich den Mut. Die Kühle im Zelt und die zielgerichtete Aufmerksamkeit der alten Frau nehmen mir die Kraft. Mir brennen die Augen, und ich spüre, wie mir die Tränen kommen. Mutter Bain wartet. Sie sieht aus, als wäre sie das gewohnt. Jetzt verstehe ich, warum ich so lange Schlange stehen musste.

Ich versuche mich zusammenzureißen. »Entschuldigen Sie, Mutter Bain. Ich brauche ein Heilmittel.«

»Für Sie selbst?«

»Nein ... nein, für einen Freund, der eine Wunde hat, eine schlimme Wunde, die einfach nicht heilen will. Das Fleisch ist ganz gelb und fault. Und der Knochen ist gebrochen.«

Sie verzieht keine Miene. »Ja.« Es entsteht eine lange Pause, in der ich mich frage, ob sie vielleicht auf eine nähere Erklärung wartet. Dann beginnt sie unerwartet eindringlich zu sprechen: »Sie befinden sich in großen Schwierigkeiten, Fräulein, und ich sehe noch Schlimmeres kommen, auch wenn ich nicht sagen kann, was. Sie haben Ihren eigenen Weg eingeschlagen, ebenso wie eine andere Person, die Ihnen nahe steht, und das Ergebnis wird in beiden Fällen eine Menschenjagd sein. Gott helfe Ihnen!«

Ich sitze mit offenem Mund da, starr vor Entsetzen.

Sie fährt fort: »Für Ihren Freund nehmen Sie Honig, verdünnen ihn mit der halben Menge Wasser aus der geweihten Quelle in Freewith und geben Spinnweben aus dem Gebüsch, nicht aus dem Haus, dazu, die Sie um einen Silberlöffel wickeln – so viele, dass sie die Flüssigkeit trüben. Lassen Sie den Löffel hineinfallen und darin liegen. Benetzen Sie die Wunde jede Stunde mit der Tinktur und bedecken Sie sie mit zerstoßenen Beinwellblättern. Verbrennen Sie Wacholderzweige in der Nähe der Wunde. Und lassen Sie Ihren Freund Knochenheilstängel kauen. Das ist alles.«

»Danke. Vielen Dank, Mutter Bain«, stammle ich und wiederhole ihre Anweisungen, um sicherzugehen, dass ich sie richtig verstanden habe. Ich öffne die Geldbörse an meinem Gürtel. »Ich bin Ihnen wirklich sehr dankbar. Was schulde ich Ihnen?«

Sie seufzt. »Ich nehme ungern Geld von Ihnen, Fräulein. Sie sind in Schwierigkeiten, und es wird noch schlimmer kommen, aber von etwas muss ich eben auch leben. Einen Schilling.«

Das ist viel Geld, aber ich gebe es ihr gern. Wenn das Heilmittel wirkt, verliert Robert seinen Arm vielleicht doch nicht. So, wie die Wunde im Augenblick aussieht, fürchte ich den Tag, an dem er mich bitten wird, ihm den Arm abzunehmen. Wir wissen beide, dass die Wundfäule sich sonst ausbreiten kann, bis er daran stirbt. Und ich müsste es selbst tun, denn wer sonst würde einem Schotten helfen? Als könnte die alte Frau meine Gedanken lesen, packt sie mich plötzlich am Rock und fragt: »Wo ist die Wunde?«

»An seinem Arm, über dem Ellbogen.«

»Wenn es bereits zu spät ist, wenn die Tinktur, die ich verschrieben habe, den Arm nicht mehr heilen kann, müssen Sie den Muschelmann kommen lassen.«

Mich schaudert bei ihren Worten, weil ich weiß,

dass ich weder den Muschelmann noch sonst irgendwen um Hilfe bitten könnte. Ich gebe ihr die Silbermünze und stehe auf, aber sie hält mich fest.

»Es ist noch nicht zu spät zur Umkehr«, flüstert sie. »Sie könnten sich noch retten, mein Kind.«

Ich drücke ihr die Hand. »Ich weiß, Mutter Bain. Danke. Aber ich kann nicht zurück. Was wird geschehen? Wissen Sie das?«

Sie sinkt auf ihren Stuhl zurück und lässt meinen Rock los. »Nein. Das ist verborgen, nicht vorauszusehen, fürchte ich. Gott schütze Sie!«

Diesmal hat sie gelogen, denke ich und verlasse das Zelt.

Mir zittern die Knie, als ich zu Hugh zurückkehre, der die Bärenhatz auf dem Kampfplatz neben dem Wirtshaus verfolgt. Ich bleibe kurz stehen und schaue zu. Der Bär und der Kettenhund scheinen einander ebenbürtig zu sein. Der Hund ist flink, aber der Bär ist klug und beobachtet ihn genau mit seinen kleinen, rötlichen Augen. Sobald der Hund ihn an der Kehle packt, schlägt er mit der Pranke nach seinem Kopf. Die beiden Tiere knurren, gehen immer wieder aufeinander los, taumeln, schütteln sich. Blut und Speichel spritzt um ihre Köpfe. Ich fand die Bärenhatz noch nie gut, aber heute laufe ich angewidert davon und schaue mir lieber den Tanz um den Maibaum an. Kinder drehen sich zu den fröhlichen Liedern der Spielleute im Kreis und verweben die vom Maibaum herabhängenden Bänder zu Mustern. Der Baumstamm schwankt und neigt sich dabei bedenklich auf die Menschenmenge zu. Auch einige Zuschauer schwanken bedenklich, weil sie bereits mehrmals im Wirtshaus und am Bierwagen waren.

Vor dem Pfarrhaus auf der anderen Seite der Dorfwiese tanzt eine Gruppe zu maurischer Musik, die sich misstönend mit der Musik am Maibaum mischt. Weiter hinten, am Waldrand, findet ein Wettkampf im Bogenschießen statt. Da die Treffsicherheit der Schützen nachzulassen beginnt, fürchte ich um die Gesundheit der Zuschauer.

Auf einer behelfsmäßigen Bühne neben dem Bierwagen führen fahrende Komödianten das Maskenspiel von Robin und Marion auf, aber keiner scheint den Text zu beherrschen, und einer purzelt immer wieder von der Bühne ins Publikum. Man weiß gar nicht, welche Darbietung man sich zuerst anschauen soll. Junge Frauen und Männer, darunter auch welche aus unserem Tal, übernehmen jetzt den Maibaum von den Kindern. Ich schlendere hinüber, um mich ihnen anzuschließen. Es wird heißer und die Leute entledigen sich ihrer Umhänge, Hauben und Westen; einige ziehen sogar noch mehr aus. Vor der Kirche prügeln sich ein paar Männer mit nackten Oberkörpern. Zwei kräftige Landarbeiter ziehen den Wagen mit den Bierfässern etwas näher an den Maibaum heran. Der vergorene Geruch des Biers wabert herüber. Ein rotbackiger, unrasierter Bauerntölpel, der in einem Frauenkittel herumspringt, streckt mir einen Krug Bier entgegen. Ich schreie auf, als das Bier auf mein Mieder schwappt, dann lache ich und trinke den Krug aus. So unbeschwert habe ich mich den ganzen Tag noch nicht gefühlt.

»He, Mädel, ich hol uns noch eins.« Der Bursche scheint Gefallen an mir gefunden zu haben, daher ziehe ich mich schnell zurück und gehe Hugh und die anderen suchen.

Auf dem Weg hierher ist Verity mit wehendem Haar vorausgaloppiert und hat ihr Pferd mit dem Hut angetrieben, sie hatte keine Lust auf unsere Gesellschaft und unser gemäßigtes Tempo. Seither habe ich sie kaum zu Gesicht bekommen. Einmal sah ich sie mit Gerald vor dem Stand des fahrenden Händlers stehen. Er schien ihr einen Ballen roter Seide zu kaufen, mit sehr grimmiger Miene. Ich kann mir immer weniger vorstellen, dass die beiden einmal ein Paar werden.

Plötzlich entdecke ich zu meinem Erstaunen meinen Vetter Gerald Arm in Arm mit Germaine. Die beiden vollführen zu der flotten Musik einen albernen Tanz. Sie versuchen die Beine im Takt hochzuwerfen, lachen sich an und fallen beinahe hin. Ich mache große Augen. Eigentlich sollte Germaine Kate helfen, an einem Stand am Rande der Dorfwiese unseren selbst gewebten Wollstoff zu verkaufen. Hugh taucht neben mir auf. Ich zupfe ihn am Arm und deute zu Germaine und Gerald hinüber. »Schau dir das an, Hugh.«

Er legt mir den Arm um die Schultern. »Oje! Sie werden unvorsichtig.«

»Was meinst du damit?«

Er seufzt. »Ach, Beatie, auf unseren Höfen geht vieles vor sich, was besser geheim bleibt.«

»Also, ich finde, du solltest es mir schon sagen. Schließlich soll Gerald meine Schwester heiraten.«

Hugh beobachtet die beiden eine Weile. »Ja, ich denke, du kannst es ruhig wissen. Es gibt Schlimmeres, auch wenn Pastor Becker anderer Meinung sein mag.« Er klingt hart und gleichgültig. »Gerald liebt Germaine, obwohl sie beinahe doppelt so alt ist wie er. Und ich glaube, sie liebt ihn auch. Sie bleibt im Dienst deines Vaters, weil sie nicht weiß, wo sie sonst hingehen soll. Zu uns kann sie natürlich nicht kommen. Das würde Mutter nie erlauben. Die beiden können keine gemeinsame Zukunft haben, daher machen sie das Beste aus der Gegenwart, wie du siehst.« Jetzt klingt er fast ein bisschen neidisch, aber dann fügt er hinzu: »Sie sind zu bedauern.«

Die Musik wird schneller und alles erscheint mir immer unwirklicher. Germaine, die schreckliche Germaine, mit meinem Vetter! Das ist mehr als skandalös, das ist ungeheuerlich. Ich wende mich von den beiden ab, nehme Hugh bei der Hand und sage zu ihm: »Komm, lass uns tanzen.« Ich ziehe ihn in den Kreis aus herumwirbelnden Menschen, die die hoffnungslos verwirrten Bänder längst losgelassen und sich bei den Händen gefasst haben. Lachend versuchen sie im Gleichschritt um den Maibaum zu tanzen. Wir beginnen seitwärts zu galoppieren, mitgerissen vom Schwung der anderen, die mit der Musik immer schneller werden. Mir schwirrt der Kopf von dem Bier, und ich habe das Gefühl, zu einer anderen Melodie zu tanzen als die anderen. Ich falle hin und rolle weg, aus dem Kreis hinaus.

Ein paar Minuten bleibe ich auf dem Gras liegen. Mir ist so schrecklich heiß, dass ich mit einer Hand mein Mieder oben aufschnüre. Ich scheine unter einer großen Eiche in der Mitte der Dorfwiese gelandet zu sein, in deren Schatten sich bereits ein paar andere Leute abkühlen. Hugh wurde von der tanzenden Menge fortgerissen. Plötzlich taucht Germaines Gesicht über mir auf. Sie steht neben mir und blickt auf mich herab. Ihre dunklen Augen sind auf mein aufgeschnürtes Mieder gerichtet.

»Beatrice, ich glaube, es wird Zeit, nach Hause zu gehen. Ihre Mutter würde es bestimmt nicht gerne sehen, dass Sie hier halb ausgezogen auf dem Boden liegen.« Ihr halbherziger Versuch, die Respektsperson zu spielen, ist wenig überzeugend. Früher, als sie noch unsere Musik- und Handarbeitslehrerin war, hatten wir Respekt vor ihr, aber seit sie sich bei Vater einzuschmeicheln versucht und seit Verity und ich fast erwachsen sind, haben die Machtverhältnisse sich verändert.

Ich setze mich hin. Mein neues Wissen über sie macht mich befangen.

»Sollten Sie Kate nicht am Stand helfen, Germaine?«, ist alles, was mir einfällt.

Sie lächelt. »Kate kommt ganz gut alleine zurecht. Wo ist der junge Herr Hugh? Kümmert er sich denn nicht um Sie?«

Ich stehe auf. Da erscheint Hugh, mit rotem Kopf und außer Atem, so dass eine Antwort sich erübrigt. Stattdessen frage ich sie: »Und wo ist Gerald, meine liebe Germaine?«

»Gerald sieht sich den Hahnenkampf an, Beatrice.« Sie zieht ein Gesicht, als würde ich ihr unsäglich auf die Nerven gehen. Dann sagt sie zu Hugh: »Vielleicht möchten Sie zu Ihrem Bruder hinübergehen und auch noch eine halbe Stunde zuschauen, bevor wir uns auf den Heimweg machen.« Sie deutet zum Waldrand, wo die Sonne gerade glutrot hinter die Bäume gleitet. Ich bin sprachlos, dass sie die Unverschämtheit besitzt, ihn einfach wegzuschicken.

Hugh zögert. »Ich besorge ein paar Süßigkeiten«, sagt er. Im Wegggehen blickt er mich kurz über die Schulter an. Ich schneide ihm eine Grimasse. Da schneidet er mir auch eine.

Germaine stößt einen gereizten Seufzer aus. »Ihr dummen, jungen Dinger könnt euch noch aufspielen. Ich beneide euch um eure kindliche Unwissenheit.« Sie schüttelt den Kopf. »Ich lebe in der wirklichen

Welt, in der hinter jeder Ecke die Armut und die Einsamkeit lauern. Ich will Sie nur warnen, Beatrice. Wenn Sie Ihrem Vater von Gerald und mir erzählen, tun Sie das auf eigene Gefahr, denn ich kann ihm auch einiges über Sie erzählen.«

Ich erstarre. »Was meinen Sie damit, Germaine? Sie haben nichts gegen mich in der Hand.«

Germaine streicht mit beiden Händen ihr dickes, braunes Haar zurück. »Wirklich nicht, junges Fräulein? Nichts im Wald?«

Im ersten Augenblick fühle ich mich ganz elend. Dann sage ich mir, dass sie nicht viel wissen kann. Dazu war ich viel zu vorsichtig. Ich setze eine verblüffte Miene auf. Germaine stemmt die Hände in die Hüften und legt den Kopf schief, als wolle sie sehen, wie gut ich die Ahnungslose spielen kann. »Keine Sorge, meine liebe Beatrice.« Sie äfft meinen süffisanten Ton von vorhin nach. »Ich werde Ihr Geheimnis hüten, solange Sie meines hüten. Wir haben alle unsere Geheimnisse – Sie, ich, Ihr Vater, Ihre Mutter . . .«

Ich starre sie wütend und verwirrt an. »Meine Mutter? Was soll das heißen?«

Hugh kommt mit Honigkuchen und Marzipan zurück. Germaine betrachtet durch die Äste der Eiche die hell umrandeten Wolkenfetzen am Himmel. »Es wird heute Abend regnen, meinen Sie nicht?« Sie senkt den Blick. »Ihre Mutter? Ach, das ist ihre Sache. Beatrice, ich wünschte, Sie wären noch das brave Kind, das Sie früher waren, und nicht bereits alt genug, um heimliche Liebschaften zu haben. Aber wenn Sie schon so erwachsen sind, dann sollten Sie sich auch wie eine Erwachsene benehmen und nicht so viel Aufhebens um alles machen.«

Ich fühle mich ganz matt vor Erleichterung. Sie meint also, dass ich einen heimlichen Liebhaber habe. Das ist alles. Ich unterdrücke ein Lachen. Als wir alle zusammen auf dem längeren Weg heimwärts reiten und an der geweihten Quelle am Rand von Freewith Rast machen, weiß ich, dass ich nun vorsichtiger denn je sein muss. Germaine beobachtet mich. Ich muss aufpassen, dass ich keinerlei Spuren hinterlasse, die sie zu Robert führen könnten. Ich fürchte, wenn sie herausfände, dass mein Geheimnis kein heimlicher Liebhaber, sondern ein versteckter Schotte ist, könnte nichts sie davon abhalten, dieses Geheimnis zu verraten.

Unterwegs treffen wir Pastor Becker. Dunkelhaarig und blass sitzt er auf seinem großen, schwarzen Pferd. Er hebt die Hand zum Gruß, ohne zu lächeln. Früher hätte diese zufällige Begegnung meine Fantasie wochenlang beflügelt. Nun will ich gar nicht mehr an ihn denken, weil er Tugenden verkörpert, die ich nicht mehr besitze, seit ich Robert begegnet bin: Offenheit, Wahrhaftigkeit und vor allem Loyalität gegenüber den eigenen Leuten.

Zehntes Kapitel

Ich habe die Tinktur angemischt, Beinwellblätter zu einem Brei zerstampft und auch Wacholderzweige und Knochenheilstängel in meine Satteltasche gepackt. Heute Morgen trinken alle Mariendisteltee und schwören, nie wieder Bier anzurühren. Während meiner Morgenwache sammle ich Spinnweben von den wilden Himbeersträuchern auf dem Pike und gleich danach breche ich zur Hütte auf.

Als ich eintrete, steht Robert hinter der Tür. Ich mache einen Satz nach hinten. »Robert, du hast mich fast zu Tode erschreckt!«

Sein Gesicht hat den üblichen ungesunden Glanz und seine Augen sind glasig. Er lehnt sich gegen den Türrahmen. Er ist größer, als ich dachte. Ich blicke zu ihm empor. »Robert, du bist zu krank, um aufzustehen. Leg dich sofort wieder hin.«

Er streckt den gesunden Arm aus. Da merke ich, dass er nicht mehr weiter kann. Ich lege den Arm um ihn und stütze ihn. Seine Fingernägel kratzen über mein Handgelenk, und ich frage mich, warum ich nicht daran gedacht habe, sie zu schneiden. Ich muss ihn auch wieder rasieren. Er ist sehr jung, nur wenig älter als ich, und sein Bartwuchs ist noch spärlich, aber nun, da er steht, sind die honigfarbenen Stoppeln deutlich zu sehen. Ich schiebe eine Schulter unter seinen gesunden Arm und schleppe ihn schwankend zurück. Er ist so schwer, dass ich es kaum schaffe. Sein Kopf fällt auf meinen. Ich frage mich, welches Ungeziefer sich in seinem Haar eingenistet haben könnte, und schäme mich im selben Augenblick für diesen Gedanken. Als wir kurz stehen bleiben, um uns auszuruhen, murmelt er: »Beatrice, mein Arm. Die Wundfäule breitet sich aus. Sie wird mich umbringen. Bitte, du musst mir den Arm abnehmen.«

Seine Knie knicken ein, als hätten diese Worte ihm die letzte Kraft geraubt. Ich lasse ihn vorsichtig auf den Strohsack sinken.

»Leg dich hin. Lehn dich zurück.« Ich stütze seinen Oberkörper am Kopfende des Lagers mit den zusammengerollten Schaffellen. »Robert, ich habe eine neue Medizin, die deinen Arm retten kann.« Ich ziehe seine graue Decke über ihn und bette den kranken Arm auf ein Stück Holz, das ich mit Wolle und Leinen gepolstert habe. Er hat seine Verbände halb weggerissen, deshalb entferne ich sie nun ganz. Die Wunde sieht kein bisschen besser aus und riecht immer noch faulig. Seine sämtlichen Gelenke sind angeschwollen. Ich lege Leinen um die Wunde, dann träufle ich Mutter Bains Tinktur hinein.

»Ah!« Er schnappt mit zusammengebissenen Zähnen nach Luft. Die Mixtur sickert in das zerfetzte Fleisch, dann rinnt sie auf die Schiene. Gleichzeitig rollt eine einzelne Träne an Roberts Augenwimpern vorbei. Ich streiche ihm über das feuchte Haar.

»Ich habe eine Überraschung für dich«, sage ich zu ihm, während ich den Beinwellbrei auftrage und einen Verband darüber wickle. Dann zünde ich in der Tür Holunderzweige an, springe über sie hinweg nach draußen und hole eine kleine Steingutflasche aus meiner Satteltasche. »Es ist eine Art schottischer Weingeist .« Ich schaue auf den Namen, der mit Tinte auf den lederbezogenen Stöpsel geschrieben ist. »... Whisky. Kennst du das Zeug? Es hat auf dem Maimarkt so viel gekostet wie ein großer Ballen Wollstoff.« Ich ziehe den Stöpsel aus der Flasche und schnuppere daran. Die scharfen Alkoholdünste, die mir in die Nase steigen, werfen mich fast um. Erstaunt mustert Robert die Flasche, dann nimmt er sie mir aus der Hand und setzt sie an den Mund. Er würgt, hustet und schnappt nach Luft. Dann reicht er mir die Flasche.

»Koste mal.« Eine heftige Röte steigt ihm ins Gesicht.

Ich schüttle den Kopf. »Nein danke.« Ich stöpsle die Flasche wieder zu. »Ich habe das Zeug für dich mitgebracht. Trink den Rest später. Es scheint ziemlich stark zu sein.«

Ohne ein Wort nimmt Robert mir die Flasche wieder aus der Hand, zieht mit den Zähnen den Stöpsel heraus und trinkt sie leer. Dann sackt er zur Seite gegen das gepolsterte Stück Holz und rollt sich schützend um seinen kranken Arm zusammen. In seinen Augen liegt nicht mehr lähmender Schmerz, sondern nackte Verzweiflung.

»Du tust viel für einen Feind«, sagt er matt.

Ich bleibe bei ihm, bis er eingeschlafen ist.

Im Mai blühen überall im Wald Glockenblumen. Ihr herrliches Blau ist wie etwas Verbotenes, zu intensiv und zu üppig für anständige Leute. Eines Tages lege ich mich nach einem Besuch bei Robert in einer Lichtung auf den weichen Waldboden, der vollständig von Glockenblumen bedeckt ist. Ihr Duft erfüllt die Luft. Die zarten, herabhängenden Glocken fühlen sich an meinem nackten Arm kühl und straff an. Während ich so daliege, wird mir klar, dass ich in letzter Zeit an nichts anderes mehr denke als an Robert. Hugh, mein zukünftiger Ehemann, kommt mir kaum in den Sinn. Eigentlich sollte ich Angst um ihn haben, weil er sich in große Gefahr begibt, wenn er mit den Männern nach Schottland marschiert. Stattdessen habe ich nur Angst, dass es für Robert hier immer gefährlicher wird, da der Hass auf die Schotten wächst.

Ich scheine mich mit allen zu entzweien, besonders mit Germaine, die offenbar meint, sie und ich seien miteinander verschworen. Sie wirft mir verstohlene

Blicke zu und nimmt sich mehr heraus, als sie sich früher getraut hätte. Ich beobachte sie und Vater – Mutter ist zurzeit kaum zu Hause – und frage mich, warum bei uns zu Hause so vieles falsch läuft.

Wir haben einen feuchten Frühling. Mal ist es warm und schwül, mal windig und regnerisch. Eines frühen Morgens, nachdem ich die halbe Nacht an Roberts Krankenbett war und ihn im Fieberwahn wirres Zeug habe reden hören, gestehe ich mir ein, dass die Behandlung erfolglos war und bleiben wird.

Robert ist unerträglich geworden. Selbst wenn er bei vollem Bewusstsein ist, zeigt er sich ständig wütend auf mich, nennt mich eine Heidin und schlägt mir in herausforderndem Ton vor, ihn doch den Behörden auszuliefern. Dabei weiß er genau, dass ich ihn nun, da ich ihn so lange versteckt habe, nicht mehr verraten kann. Nach den Grenzgesetzen ist es schon strafbar, mit einem Schotten zu reden, und ich habe viel Schlimmeres getan. Die Wundfäule hat sich dank Mutter Bains Tinktur zwar nicht weiter ausgebreitet, aber sie ist auch nicht zurückgegangen. Und das Fieber macht Robert jeden Tag schwächer.

So stehe ich an diesem schwülen Morgen, während es über den Hügeln allmählich hell wird und Sturmwolken über der Bucht aufziehen, müde und niedergeschlagen vor der Hütte und überlege mir, wie man einen Arm abnimmt. Ich hoffe, zu Hause hat niemand gemerkt, dass ich die halbe Nacht weg war. Sie sollten nur denken, ich sei besonders früh aufgestanden. Die ersten Sonnenstrahlen dringen durch den Morgennebel und lassen die Baumstämme schillern. Plötzlich raschelt es neben mir im Haselnussdickicht. Ein junger Rothirsch frisst die kleinen Nüsse ab, die gerade erst an den Zweigen zu wachsen beginnen. Er sieht mich, läuft aber nicht weg. Wären Hugh und Gerald da gewesen, hätte er den Geruch früherer Hirschjagden in ihren Haaren gewittert und wäre geflohen. Aus irgendeinem Grund gibt sein Zutrauen mir die Kraft, wieder hineinzugehen und zu sagen: »Robert, dein Arm . . . ich glaube nicht, dass er noch zu retten ist.«

Die Haut schält sich von seinen Lippen. Sie sind zusammengekniffen wie die des Bauchredners auf dem Maimarkt, während er flüstert. »Ich weiß. Danke, dass du es versucht hast, Beatrice.«

Ich gehe wieder hinaus. Ich will nicht, dass er mich weinen sieht. Der Hirsch ist immer noch da. Er kommt sogar ein Stückchen näher. Wir blicken uns an. Der Himmel wird heller, messerscharfe Schatten zerteilen die freie Fläche vor der Hütte. Neben mir rascheln erneut die frischen Haselnussblätter, die der Hirsch abrupft und mit der Zunge ins Maul schiebt. Vogelgezwitscher erfüllt den ganzen Wald. Ich beruhige mich allmählich und gestehe mir ein, dass ich Roberts Arm nicht selbst abnehmen kann. Das geht über meine Kraft.

Ich kehre in die Hütte zurück und knie mich neben

ihn hin. »Robert, ich kann dir den Arm nicht abnehmen. Ich muss jemanden holen, der es macht.«

»Wenn du den Arzt holst, dann werden wir beide gehängt.«

»Du würdest gehängt, ich würde verbrannt. Das machen sie mit Verräterinnen.«

Er dreht den Kopf weg. »Wer schuldet dir einen Gefallen? Wer würde den Mund halten?«

»Es gibt einen, der es machen kann und der vielleicht nicht reden wird. Alle nennen ihn den Muschelmann. Er schuldet mir zwar keinen Gefallen, aber er ist selbst eine Art Außenseiter, daher fühlt er sich vielleicht weniger an das Gesetz gebunden als die anderen. Und wenn du nichts sagst, denkt er vielleicht, du wärst ein Einsiedler wie der Alte.« Ich streiche über Roberts feuchtes Gesicht. Er zuckt zusammen, als wäre sein ganzer Körper eine einzige Wunde. Dann laufe ich zum Turm zurück, um Hilda zu satteln.

Die Leute sagen dem Muschelmann vieles nach. Ich versuche nicht daran zu denken, während ich durch den Wald oben auf den Klippen zum Mere Point reite. Der Muschelmann macht Dinge, die sonst keiner machen will oder kann. Er sägt kranke Glieder ab und zieht verrottete Zähne, aber er soll sich auch auf Magie verstehen und Leute mit einem Zauber belegen können. Es heißt, dass er einen Geheimgang von seiner Hütte oben auf den Klippen zu einer Höhle im Steilhang hat, wo er seine Magie betreibt. Jedenfalls wagt sich niemand in die Nähe dieser Klippenhöhle, aus Angst, der Muschelmann könnte darin hocken.

Ich muss am Turm meiner Vettern vorbei, um zu der Bauernkate zu gelangen, in der der Muschelmann wohnt. Ich statte also meiner Tante einen Besuch ab, um eine Ausrede zu haben, weshalb ich in dieser Gegend bin. Gerald hält auf der Plattform Wache. Ich winke ihm zu und er wirft mir einen Handkuss herunter.

Dieser Turm ist prächtiger als unserer. Er hat außer den üblichen Schießscharten besonders schöne Fenster mit drei Bögen, deren Zwischenpfosten und Stürze aus goldgelbem Sandstein sind. In einige sind kunstvoll bemalte Glasscheiben eingelassen. Außerdem sind über dem Eingangstor und rund um die Zinnen Figuren und Ornamente aus dem Stein gemeißelt. Eigentlich sollte ich nichts dagegen haben, hier mit Hugh zu wohnen. Zudem sind eine langjährige Freundschaft und ein gemeinsamer Sinn für Humor eigentlich kein schlechtes Fundament für eine Ehe und vielleicht sogar mehr wert als alles, was ich sonst hier in Westmorland finden könnte. Aber irgendwie erscheint mir die Vorstellung, Hugh zu heiraten, heute lächerlicher denn je.

Tante Juniper öffnet mir die Tür. »Guten Morgen, Beatrice. Hugh schiebt Wache auf dem Beacon Hill. Willst du zu ihm hinaufreiten?«

Wir tauschen Küsschen aus. »Guten Morgen, Tante. Vielleicht mache ich das nachher.«

Sie sieht erfreut aus. Sie vermittelt die meisten Ehen hier in der Gegend und ärgert sich vermutlich, dass sie ausgerechnet bei ihren nächsten Verwandten auf den größten Widerstand stößt. Sie führt mich in die Küche, wo sie gerade junges Farnkraut verbrennt, um Seife herzustellen. Der Tränen treibende Geruch hängt im Raum.

»Hier, du kannst Kalk für die Seife zerstoßen, während wir uns unterhalten.«

Sie reicht mir einen Mörser mit Kalk, der bereits gebrannt und bröckelig ist. »Ich wünschte, Gerald und Verity würden sich so gut verstehen wie du und Hugh«, fügt sie hinzu. »Verity scheint Gerald vergraulen zu wollen. Kannst du nicht mit ihr darüber reden, Nichte?«

Ich setze mich an den langen Ulmenholztisch. Ich bin nicht in der Stimmung, um diplomatisch zu sein. Ich beginne mit dem Stößel den Kalk zu zerstampfen und erwidere: »Liebe Tante ... Verity will Gerald nicht heiraten. Ehrlich gesagt glaube ich, dass sie überhaupt nicht heiraten will. Sie macht gern alles auf ihre eigene Art und befürchtet, Gerald würde ihr überall dreinreden, so wie unser Vater.«

Sie sieht mich über die stinkende Farnasche hinweg erstaunt an. »Aber es ist alles schon abgemacht. Sie und Gerald müssen einen der Türme übernehmen. Wie sollen wir die Nachfolge denn sonst regeln?«

Ich seufze und blicke zu den hohen Fenstern im

oberen Stockwerk der Küche hinauf, wo eine Galerie rings um die Wände verläuft und Tauben zwischen den Dachbalken gurren. »Ich weiß es nicht, Tante«, ist alles, was ich zu erwidern vermag.

Auf dem Weg hinaus kommt mir die gebückte Gestalt von Onkel Juniper entgegen. Er umarmt und küsst mich und erzählt mir in allen blutrünstigen Einzelheiten, was seine Kampfhunde machen. Als ich mich auf Hildas Rücken schwinge und über eine saftige Wiese auf den Weg zurückreite, der durch den Klippenwald führt, bin ich so nervös wie noch nie.

Elftes Kapitel

Die kleine Hütte des Muschelmannes ist halb im Wald versteckt. Ich binde Hilda an einem Baum fest und laufe zwischen Beeten mit Heilkräutern hindurch darauf zu. Auf beiden Seiten der Tür stehen lange Rechen, mit denen er Herzmuscheln aus dem Sand scharrt. An der Wand wächst Baldrian, der bereits hellrosa blüht. Als ich auf mein erstes Klopfen keine Antwort erhalte, zupfe ich eine der übel riechenden Pflanzen ab, schlage sie gegen die Wand, um Insekten abzuschütteln, und sauge den ekligen Saft aus dem Stängel, um meine Nerven zu beruhigen.

Ich klopfe noch einmal. Vor Angst dreht sich mir der Magen um. Welcher vernünftige Mensch würde an die Tür des Muschelmannes klopfen? Doch als nach einer Weile die Tür aufgeht, steht ein ganz gewöhnlicher Mann auf der Schwelle. Er ist groß und breitschultrig. Dichtes, hellbraunes Haar und ein Bart umrahmen sein Gesicht. Er sieht aus, als wäre er gerade erst aufgewacht.

»Ja?« Seine kleinen, grauen Augen starren mich misstrauisch an. Seine Kleidung riecht nach Fisch und Salzwasser. Nervös trete ich einen Schritt zurück und falle beinahe über einen Sack Herzmuscheln, der neben dem Pfad steht.

»Komm rein«, sagt er plötzlich und dreht sich um, um mich in seine dunkle Behausung zu führen. »Ich sehe, dass du nicht wegen der Herzmuscheln gekommen bist, da du sie mit Füßen trittst.« Er lächelt. Da begreife ich, dass das ein Scherz sein sollte. »Was ist? Hast du Angst vor mir?«

Ich nicke. Es kommt mir so vor, als würde sein Gesicht rot anlaufen, aber in dem düsteren Raum ist das schlecht zu sehen. »Ich bin gekommen, weil ich Sie um einen Gefallen bitten möchte«, sage ich.

»So?« Er bedeutet mir, dass ich auf einem Strohballen am Fenster Platz nehmen soll. Staub wirbelt hoch und bleibt in der Luft hängen, als ich mich hinsetze und meine Röcke zurechtzupfe.

»Ich weiß, dass Sie kranke Glieder abnehmen können«, sage ich zu ihm.

Er runzelt die Stirn. »Ja, ich verstümmle die Unglücklichen.« Er ballt mehrmals seine großen Hände, als würde er bereits zu Axt und Säge greifen. Mir wird ganz mulmig.

»Da ist ein Mann mit einem verletzten Arm, der nicht mehr heilt, Sir. Die Wundfäule droht sich auszubreiten und ihn umzubringen.«

Er nickt. »Wer mag dieser Mann sein?«

Plötzlich mache ich eine erstaunliche Entdeckung. Auf einem rustikalen Tisch in der Ecke liegt ein aus lila Seide und Wolle gewebtes Tuch, das mit hellen Lilien bestickt ist. Ich kenne es sehr gut, denn ich habe es selbst bestickt und meiner Mutter vor zwei Jahren zu Weihnachten geschenkt. Ich starre erst das Tuch an, dann den Muschelmann. Ich beantworte seine Frage nicht, sondern sage stattdessen: »Ich kenne Ihren richtigen Namen nicht, Sir, aber ich bin Beatrice Garth vom Barrowbeck-Hof.«

Ein erschrockener Ausdruck taucht auf seinem Gesicht auf und verschwindet sofort wieder. Er blickt ebenfalls zu dem Tuch hinüber, dann sieht er mich an. »Kennen Sie meine Mutter?«, frage ich ihn. Es ist natürlich möglich, dass Mutter sich von ihm behandeln ließ und ihm dafür das Tuch gegeben hat, aber das glaube ich nicht. Sie hätte ihn mit Silber, Käse, Hammelfleisch oder einem Schaffell bezahlt und nicht mit einem Kleidungsstück, das ich in wochenlanger Arbeit für sie gemacht habe. Verwirrt überlege ich mir, wie das Tuch dorthin gekommen sein könnte, und warte voller Spannung auf seine Antwort.

Er läuft zur Tür hinüber und schließt sie. Den Kopf halb von mir abgewandt, sagt er schließlich: »Ja, ich kenne sie.«

Ich reibe mir das Gesicht und frage: »Wollen Sie, dass ich ihr das Tuch zurückbringe?«

Er taucht aus dem Halbdunkel auf. Ein Sonnenstrahl fällt auf seine Weste und ich sehe Fischschuppen blaugrün darauf glitzern. Er schüttelt den Kopf. »Nein, sie wird es selbst holen kommen.«

Nach der bestürzenden Erkenntnis, dass meine Mutter diesen Mann offenbar besucht, kommt mir eine andere: Er wird garantiert den Mund halten. Ihm liegt ebenso viel an meinem Schweigen wie mir an seinem. Mein Vater würde ihn umbringen, wenn er herausfände, was ich soeben erfahren habe, selbst wenn es sich um eine völlig harmlose Bekanntschaft handelt. Ich schaue den Muschelmann an. »Ich hoffe, ich kann mich auf Ihre Verschwiegenheit verlassen, wenn ich Ihnen sage, dass . . . der Verletzte ein Schotte ist.«

Seine Augen weiten sich kurz. »Tatsächlich?« Er lacht. »Du hast wirklich viel von deiner Mutter.«

Er scheint gar nicht auf den Gedanken zu kommen, dass ich ihn zu erpressen versuche. »Hat er starke Schmerzen, dein Schotte?«, fragt er.

Ich blicke mich nervös um, als wäre es selbst hinter verschlossenen Türen gefährlich, dieses Wort auszusprechen. »Ja, furchtbare Schmerzen.«

»Dann sollten wir keine Zeit verlieren. Ich muss noch etwas holen. Du kannst solange hier auf mich warten.« Er stößt die Tür auf und entfernt sich mit schnellen Schritten. Ich renne ihm hinterher.

»Warten Sie! Wo gehen Sie denn hin?«

Er läuft in den Wald. Seine weiten, ledernen Kniehosen knarren und klatschen ihm gegen die Schenkel. »Ich muss ein paar kleine Freunde suchen, die mir helfen«, ruft er mir über die Schulter zu. »Du wirst sie nicht mögen, Mädchen.«

Ich bleibe schaudernd stehen. Was meint er damit? Elfen und Kobolde? Worauf habe ich mich da eingelassen? Ich bekreuzige mich. Wenn Vater das gesehen hätte, hätte er mich geschlagen, denn das machen eigentlich nur Papisten.

Als der Muschelmann zurückkehrt, sind keine Elfen oder Kobolde bei ihm. Nur ein kleiner Lederbeutel hängt an seinem Gürtel. Er scheint erleichtert, dass ich noch da bin. Er hat wohl befürchtete, ich könnte weglaufen. Ich frage mich, wie oft es dem Muschelmann schon passiert ist, dass Leute davonrannten, anstatt auf ihn zu warten. Er öffnet eine Kiste neben der Feuerstelle, holt eine Metallsäge mit scharfen Zähnen und beinernen Griffen auf beiden Seiten heraus und hängt sie zusammen mit einem Messer, dessen Heft ebenfalls aus Knochen ist, an seinen Gürtel neben den kleinen Lederbeutel. Ich lehne mich an den Fensterrahmen, denn mir ist plötzlich schlecht. »Du kannst mir helfen, Beatrice Garth. Hol den dritten Topf von links aus dem Regal über der Tür, nimm zwanzig Samenkörner heraus und leg sie da hinein.« Er reicht mir einen Holzmörser mit Stößel.

»Er wird das Messer nicht spüren, falls wir ihn operieren müssen.«

Ich hole den Topf herunter und zähle zwanzig kleine, schwarze Samenkörner ab. »Was ist das?«

»Bilsenkraut. Interessierst du dich für die Heilkunst?«

Ich schüttle den Kopf. Er lächelt. »Vielleicht schläft er zwei Tage lang, aber er wird sich währenddessen erholen.« Er zerreibt die Samenkörner mit einer flinken Drehung des Handgelenks, dann schüttet er sie in ein zusammengefaltetetes Stück Pergament. »Jetzt führ mich hin.«

Wir nehmen den kürzesten Weg über den Hang des Beacon Hill. Ich reite langsam voraus und der Muschelmann folgt mir mit großen Schritten. Jedes Mal, wenn ich zur Einsiedlerhütte gehe, habe ich Angst, Robert tot vorzufinden. Ich schnuppere, als ich Hilda neben der Tür anbinde. Ich kann seinen faulenden Arm bis hierher riechen.

»Robert?« Er liegt so unter der Decke, wie ich ihn verlassen habe. Seine Augen öffnen sich halb. Sie sind blutunterlaufen und ausdruckslos.

»Robert, ich habe einen Heiler mitgebracht, der dir helfen wird.«

»Ja.« Er sieht die chirurgischen Instrumente im Sonnenlicht blitzen, das durch die Tür hereinfällt, und schließt die Augen wieder.

Der Muschelmann und ich entfernen die Verbände mithilfe von Wasser aus dem Bach und lassen nur die Schiene und die Bänder, mit denen ich sie festgebunden habe, an Roberts Arm. Gelber Eiter rinnt über die Schiene. Das Fleisch hat inzwischen alle Farben von lila bis grün.

»Hast du diesen Knochen eingerichtet und geschient?«, fragt der Muschelmann.

Ich nicke. »Das ist schon lange her.«

»Das hast du gut gemacht, Beatrice. Wir müssen dein Werk nicht abschneiden, so Gott will.« Er knüpft den Lederbeutel von seinem Gürtel los und sieht mich an. »Ich könnte dich wegschicken, aber du hast eindeutig eine Begabung für die Heilkunst. Der Bruch ist fast verheilt. Ich könnte dir ein paar alte Heilmethoden beibringen. Willst du sehen, wie die Natur Fäulnis beseitigt? Du brauchst allerdings einen robusten Magen.«

Ich habe keine Ahnung, was er meint, aber sein Lob schmeichelt mir. So erwidere ich: »Ja, gerne. Zeigen Sie es mir.«

Er zögert einen Augenblick, als hätte er Zweifel an meiner Nervenstärke. Dann stülpt er den Lederbeutel über einem Wolltuch um und schüttelt einen Haufen Maden heraus.

Ich weiche entsetzt zurück. »Gütiger Himmel!«

Der Muschelmann zupft an dem Tuch in seiner Hand, bis alle Maden in der Mitte liegen. Dann kippt er sie schnell auf Roberts Arm. »Sie helfen auch bei entzündeten Ohren«, erklärt er mir und blickt zu der Ecke herüber, in die ich mich zurückgezogen habe.

»Man schüttet sie einfach hinein und zwei Tage später spült man sie mit Salzwasser wieder aus.«

Er wickelt Verbände um das Tuch und legt den Arm in eine Schlinge. Dann steht er auf. »Ich komme morgen wieder. Bring ihm heute Abend Wein und Rübensuppe. Kein Fleisch. Keine Milch.« Er geht hinaus. Die Säge und das Messer pendeln unbenutzt an seinem Gürtel. Robert liegt stumm, reglos und mit geschlossenen Augen auf seinem Strohsack.

In dieser Nacht schlafe ich kaum. Wenn ich aber eindämmere, wimmelt es in meinen Träumen von Maden. Robert hat den Wein und die Suppe, die ich ihm nach meiner Wachschicht auf dem Pike vorbeibrachte, nicht angerührt. Ich musste immer wieder seinen Arm in der Schlinge anschauen und jedes Mal begann mir selbst die Haut zu jucken vor Ekel. Ich verließ ihn erst sehr spät, als es schon völlig dunkel im Wald war. Er wirkte so hinfällig, dass ich ihn nicht allein lassen wollte. Unheil schien in der Luft zu liegen, so wie in jenen Nächten, in denen Leute wie mein Vater unterwegs sind.

Vater muss letzte Nacht tatsächlich unterwegs gewesen sein, denn Germaine trägt heute Morgen eine äußerst geschmacklose Smaragdbrosche an ihrem Kleid. Verity, die ich in den letzten Tagen kaum gesehen habe, sagt während der Morgenandacht zu ihr, dass Grün ihr einfach nicht steht. Zum ersten Mal scheint

Germaine den Tränen nahe zu sein. Sie wendet sich ab. Mir fällt auf, dass sie so müde aussieht, wie ich mich fühle. Als sie mich fragt, ob sie meine Morgenschicht auf dem Beacon Hill übernehmen und mir dafür ihre Schicht heute Nachmittag überlassen könnte, sage ich nicht nein. Ich weiß, dass sie mir diesen Tausch vorschlägt, weil sie sich mit Gerald treffen will. Und mir kommt der Vorschlag sehr gelegen, denn so kann ich früher zu meiner Verabredung in der Einsiedlerhütte aufbrechen.

Als ich dort ankomme, stelle ich fest, dass der Muschelmann die halbe Nacht bei Robert war. Er liegt unter dem Fenster, in dem der gefettete Leinenfetzen im kühlen Wind flattert. »Du kommst genau zur richtigen Zeit«, sagt er. »Wir werden jetzt einen Blick auf die Wunde werfen, nicht wahr, Robert?«

Ich trete über die Schwelle ins Halbdunkel. Roberts Augen wirken wacher, als ich sie je gesehen habe, seit ich ihn vom Turmfenster wegstieß. Ich helfe dem Muschelmann, die Verbände zu entfernen. Der Unterschied ist sofort zu erkennen. Natürlich ist die Entzündung noch da und das Fleisch ist geschwollen und zerfurcht, doch wo es vorher gelb war, ist es nun rot. Es sieht tatsächlich besser aus, abgesehen von den vielen ekligen Maden, die das Gift fressen. »Noch zwei Tage«, sagt der Muschelmann. »Wir werden morgen wieder nach der Wunde sehen. Robert ist zu schwach, um aufzustehen und sie am Strand mit Meerwasser auszuwaschen. Daher solltest du vielleicht einen Klumpen Salz mitbringen, Beatrice. Dann können wir Wasser aus dem Bach nehmen.«

Er geht mit mir zur Tür. »Bis Allerheiligen wird er reisefähig sein. Und bevor der Winter einsetzt, wird er zu Hause sein. Ich werde ihn über die Sandbänke führen, wenn die Zeit gekommen ist.«

»Cedric.« Wir drehen uns beide um. Robert richtet sich mühsam auf.

»Sie haben also einen Namen.« Ich lächle den Muschelmann an.

Er grinst und wendet sich Robert zu. »Ja?«

»Ich habe nichts, womit ich Sie bezahlen könnte.«

Cedric, der Muschelmann, faltet die benutzten Verbände zusammen, um sie mitzunehmen. »Sie brauchen nicht viel Phantasie, um darauf zu kommen, wie Sie sich erkenntlich zeigen können, Robert – Sie und Ihre Leute«, sagt er. »Wenn Sie es sich nicht denken können, hilft Fräulein Beatrice Ihnen auf die Sprünge.«

Robert lässt sich zurücksinken und beobachtet uns. Ich stehe mit Cedric vor der Tür. Heute glänzen Fischschuppen auch in seinem Bart und er riecht ziemlich streng. »Herr Cedric ...«

»Cedric.«

»Cedric, ich bin Ihnen wirklich sehr dankbar. Ich werde Sie an Roberts Stelle bezahlen.«

»Danke, Beatrice, aber das ist nicht nötig.«

Er geht auf die kaputte Mauer zu. Ich strecke die Hand aus, um ihn zurückzuhalten.

»Meine Mutter ...« Ich zögere. Er hilft mir nicht. »Ich würde nur gerne wissen ... Besucht sie Sie womöglich, weil sie krank ist?«

Er bleibt stehen, mit einem Fuß auf der Mauer. »Nein, sie ist nicht krank.« Er sieht mich einen Augenblick an. »Geh nicht zu weit mit deinem Schotten. Das wäre noch schlimmer, als einen Muschelmann zu lieben.« Dann steigt er über die Mauer und verschwindet im Wald.

Ich könnte so tun, als wüsste ich nicht, was er meint – die Vorstellung ist natürlich lächerlich –, aber heute ist kein Tag für Unehrlichkeit. Meine Gedanken kreisen seit Wochen um Robert. Nun, da es ihm besser geht, fühle ich mich so erleichtert, als wäre sein kranker Arm eine schwere Last auf meinen Schultern gewesen. Ich bin froh, dass er wieder gesund werden kann. Und ich werde froh sein, wenn er weg ist, sage ich mir.

Über die rätselhafte Verbindung zwischen Cedric und meiner Mutter will ich später nachdenken. Ich gehe in die Hütte zurück. Bevor ich etwas sagen kann, beginnt Robert zu reden. »Ich wäre sowieso nicht mehr hierher gekommen, um euch zu überfallen, nun, da ich weiß, dass du hier bist. Das weißt du doch, Beatrice, oder?«

Ich räume die hölzerne Waschschüssel und die Lappen weg. »Das soll wohl heißen, dass ihr in Zukunft andere Ortschaften überfallen werdet, oder?«, entgegne ich in einem feindseligen Ton, der mich selbst überrascht. Ich frage mich, ob die Warnung des Muschelmannes der Grund dafür ist.

Robert bewegt seinen verletzten Arm. »Auf manche Dinge habe ich keinen Einfluss, Beatrice.«

»Der jüngste Überfall auf Barrowbeck soll also der letzte bleiben?«

»Meine Leute werden euch sicher nicht mehr überfallen, wenn sie hören, was du für mich getan hast. Aber es gibt noch mehr Familien entlang der Grenze – die Armstrongs, die Elliots, die Irvines, die Trotters, die Johnstones und andere. Für die kann ich nicht antworten. Das sind hart gesottene Burschen.«

»Wie du, Robert«, sage ich zu ihm.

Er lächelt. Ich bin völlig perplex. Ich habe ihn noch nie lächeln sehen. Plötzlich ist er ein echter Mensch mit Wärme in den Augen. Ich wende mich ab.

»Es könnte viel davon abhängen, ob ihr Engländer in der Zwischenzeit über uns herfallt«, fügt er hinzu.

Ich denke an die Lords von Westmorland und Cumberland und bekomme Angst.

In der nächsten Woche rötet und strafft sich das Fleisch von Roberts Arm, Schorf bildet sich auf der Wunde. In der Woche danach heilt sie zu und Robert kann ohne fremde Hilfe stehen.

Zwölftes Kapitel

Nach einem Angriff der Schotten sind wir immer lange angespannt. Zu den materiellen Schäden und der vielen Arbeit – wir müssen die niedergebrannten Häuser neu aufbauen und Notunterkünfte für die betroffenen Bauern einrichten – kommen der Schock, der Kummer und das verlorene Gefühl von Sicherheit. Es ist komisch, dass wir uns je sicher gefühlt haben, da unsere Wachdienste uns doch ständig an die bestehende Gefahr erinnern, aber man verdrängt das und führt sich selbst hinters Licht, sonst würde man verrückt werden. Man kann nicht die ganze Zeit in Angst leben.

So ist der Angriff der Schotten bereits nur noch eine schlechte Erinnerung, als das Wetter wärmer wird. Im Tal sprießt der Weizen und unsere schwarzen Langhornrinder und die schwarzen Schafe mit dem weißen Kopf und den Hörnern werden auf den saftigen Weiden immer fetter. Doch in Gedanken bin ich ganz woanders als bei meiner Arbeit in Haus und Hof; auch von meiner Familie fühle ich mich weit weg. Ich merke, dass Mutter sich über mich wundert, aber ich wundere mich noch mehr über sie und beobachte sie heimlich. Das lilienbestickte Tuch taucht in ihrem Schlafzimmer wieder auf. Sie ist liebenswürdig zu Vater, aber zerstreut, ständig irgendwo im Haus oder in der Milchkammer beschäftigt und oft weg. Ich kann mir nicht vorstellen, dass sie für den Muschelmann mehr empfindet als Freundschaft. Vielleicht verbindet die beiden ihr Interesse an der Heilkunst. Sie ist dreiunddreißig, sieht aber zehn Jahre jünger aus, zu jung, um bei Vater zu versauern, und die Heimlichkeiten zwischen ihr und Cedric könnten etwas bedeuten, über das ich gar nicht nachdenken will.

Ich habe das Gefühl, mein normales Leben vergessen zu haben, während ich mich um Robert kümmerte. Inzwischen komme ich mir auf dem Hof fast fremd vor, weil ich so viel Zeit in der Hütte verbracht habe, und selbst wenn ich nicht bei Robert bin, mache ich mir Gedanken über ihn. Sein Zustand verbessert sich zusehends. Das Wetter auch, es wird Sommer. Ich beschließe, ihn nicht mehr so oft zu besuchen. Er kann ebenso gut alleine gesund werden. Zunächst gehe ich noch jeden zweiten Tag hin, dann nur noch jeden dritten. Natürlich bringe ich ihm jedes Mal so viel zu essen mit, dass es bis zu meinem nächsten Besuch reicht. Immer, wenn ich nicht zur Hütte unterwegs bin, bin ich im Tal und helfe den Bauern, die Häuser wieder aufzubauen, die Robert und seine Leute zerstört haben.

Manchmal unternimmt er auf wackligen Beinen Ausflüge in den Wald und gelegentlich fängt und brät er sich ein Eichhörnchen oder ein Kaninchen. An den Tagen, an denen ich nicht zu Robert gehe, habe ich das Gefühl, der Wald selbst würde mich wieder rufen – der herbe Geruch der Buchen, das Murmeln des goldbraun glitzernden Wildbaches, die Vorstellung, dass Robert dort auf mich wartet, mit glänzenden Augen und feuchtem Haar, denn er legt sich jetzt gern in den Bach und lässt das Wasser über sich hinwegströmen.

Eines heißen Morgens, an dem ich zu Hause bleibe, treffen zwei reisende Schafscherer aus Lancaster auf unserem Hof ein. Wir kennen ihre Reiseroute und sind auf ihr Kommen vorbereitet. Die beiden braun gebrannten, hageren Männer machen sich im Gehege an die Arbeit. Ich gehe hinunter, klettere auf die hohe Einfriedung des Geheges, setze mich in die Sonne und sehe ihnen zu. Ihre kurzen, spitzen Scheren bewegen sich unglaublich schnell und blitzen in der Sonne. Die beiden halten die Schafe zwischen den Knien fest und scheren fachmännisch eines nach dem anderen. Übrigens sind sie als Schürzenjäger bekannt, denen man keine Gelegenheit geben darf, sich Frechheiten herauszunehmen. Die Mädchen im Tal werden vor ihnen gewarnt. Während ich so dasitze, steht einer von ihnen auf, um sich zu recken. Dann kommt er zu mir herüber und umfasst mit beiden Händen einen meiner Knöchel, als wollte er mich von der Mauer ziehen. Seine Hände haben dunkle Flecken vom Fett der Schaffelle und sind weich wie die eines Höflings. Die Zeigefinger haben seitlich kleine Risse von Dornen in der Wolle. Er lächelt zu mir herauf. Ich blicke zu ihm hinunter und sage: »Ich bin diejenige, die Sie bezahlen wird, Herr Schafscherer. Oder auch nicht, je nachdem.«

Er streichelt mir herausfordernd über den Knöchel, bevor er ihn loslässt, und murmelt: »Keine Sorge, gnädiges Fräulein, dafür müssen Sie keinen Aufpreis bezahlen.« Dann geht er wieder an die Arbeit.

Ich lehne mich zurück, stütze die Hände hinter mir auf die Mauer und strecke das Gesicht in die Sonne. Die Mauersteine sind warm und fühlen sich rau an, weil sie mit Flechten bewachsen sind. Am Hang schwirren Insekten über Heidekraut und Farnen. Ich spüre, wie meine Muskeln sich in der Hitze entspannen. Plötzlich ruft eine Stimme hinter mir: »Beatie?«

Ich blicke mich verdutzt um. Unten an der Mauer steht Pastor Becker. Er hat seinen leichten, schwarzen Sommertalar mit einer um die Taille gebundenen Kordel hochgerafft, damit er ihn beim Reiten nicht stört. »Ich habe dir ein paar Bücher mitgebracht«, sagt er. »Die, von denen ich am Sonntag gesprochen habe. Bleib oben. Ich komme zu dir hinauf.«

Ich strecke ihm die Hand entgegen, um ihm hochzuhelfen. »Das ist keine Kleidung, um Mauern zu erklimmen«, sage ich zu ihm.

Er lächelt und lockert seinen Kragen. Dann klettert er ohne meine Hilfe nach oben und setzt sich neben mich. »Ich habe die Bücher für dich im Torhaus gelassen.«

Verity und ich sind für Mädchen erstaunlich gebildet. Mutter hat gesagt, wenn die Königin Latein, Griechisch und Italienisch lernen konnte, dann können wir das auch. Früher ritten wir zweimal die Woche durch den Wald nach Wraithwaite, um uns vom alten Pastor Pattinson unterrichten zu lassen. Anfangs tat er das nur widerwillig und war sehr streng mit uns, weil er bisher nur Jungen unterrichtet hatte, aber später änderte er seine Einstellung und gab uns mehr Stunden, als Vater ihm je bezahlte. Nach seinem Tod wurde Pastor Becker unser neuer Lehrer. Ich habe manch langen Nachmittag damit vergeudet, den gut aussehenden neuen Pastor anzuschwärmen, und habe dadurch kaum mitbekommen, was er sagte. Nun sehe ich ihn an und frage mich, ob er das wohl gemerkt hat.

»Ich soll mit dir übers Heiraten sprechen«, sagt er. Ich blicke ihn bestürzt an und bekomme eine Wut auf Tante Juniper, weil ich es ausgesprochen unfair von ihr finde, ihn vorzuschicken. Er sieht meine finstere Miene, verzieht das Gesicht und fügt hinzu: »Es geht nur darum, dass ihr beide – du und Verity – offenbar zögert ... oder gänzlich unwillig seid, euch offiziell mit euren Vettern zu verloben. Das ist alles. Bisher drängt niemand darauf, einen Hochzeitstermin festzulegen.«

Ich lasse die Schultern hängen und starre zu den

Schafscherern hinüber. »Eine Verlobung ist etwas so Endgültiges, Herr Pastor.« Ich bin mit Absicht förmlich, um ihn zu strafen, denn ich weiß, dass er die zwanglose Freundschaft schätzt, die sich im Laufe der Unterrichtsstunden zwischen uns entwickelt hat. »Verity und ich werden beide noch hier auf dem Hof gebraucht. Im Augenblick ist tatsächlich keine von uns schon bereit, einen eigenen Haushalt zu gründen.«

»Oder ist es vielleicht so, dass keine von euch das wirklich will?«, fragt John Becker.

Ich sehe ihn an. »Spielt das denn eine Rolle?«

Ungewohnt zurückhaltend nimmt er meine Hand und sagt: »Es besteht überhaupt keine Eile. Ich habe gesagt, was ich sagen sollte. Jetzt können wir über etwas Interessanteres reden.«

Wir reden über nichts Interessanteres. Ich blicke auf seine Hand hinab und sage mir, dass er auf diese väterliche Geste bestimmt verzichtet hätte, wenn er wüsste, welchen Gedanken ich im Unterricht manchmal nachgehangen habe. Der Schafscherer, der mich am Knöchel gepackt hat, blickt zu uns herüber und pfeift. John lacht und lässt meine Hand los. Dann sehen wir schweigend den Schafscherern zu. Wollflusen schweben an uns vorbei und der fettige Geruch von frisch geschorener Wolle hängt in der Luft. Die gehärteten Stahlklingen der Schafscherer dringen schnell und mühelos durch die feine Unterwolle der Schafe, bis deren Haarkleid sich elegant abschält. Ein Vlies nach dem anderen wird mit der

Außenseite nach oben auf den Lattentisch geworfen, damit Leos Sohn Dickon die Abfallwolle – das Stück um den Schwanz mit dem angetrockneten Kot – abrupfen und wegwerfen kann. Danach entfernt er sorgfältig die minderwertige Wolle an den Rändern des Vlieses und wirft sie in einen Korb. Die hochwertige Wolle vom Rücken des Schafs kommt in einen anderen Korb.

Frauen aus dem Tal tragen die Wolle in Schichten zum Bach, wo sie sie mit Seifenkraut waschen und anschließend gut ausspülen. Männer aus dem Tal treiben ein Schaf nach dem anderen zu den Scherern hinüber und scheuchen die bereits geschorenen auf die andere Seite des Geheges, damit sie nicht im Weg sind. Trotz des geschäftigen Treibens und des ständigen Geblökes der Schafe ist es eine beschauliche und idyllische Szene. Die sanften Bewegungen der Tiere mit den bernsteinfarbenen Augen, der zarte Schleier aus Flaum, der an unseren Kleidern haften bleibt, und das gelassene Schweigen von John Becker machen mich innerlich ganz ruhig. So gelöst habe ich mich seit Monaten nicht mehr gefühlt.

Eine Biene krabbelt in den Spitzenbesatz meiner Haube. Ich zucke zurück und schüttle den Kopf, um sie loszuwerden. John löst die Haube und schnipst die Biene weg.

»Danke.« Wir sehen einander an. »Ich muss neue Körbe für die Wolle holen gehen«, sage ich verlegen und stopfe mein Haar wieder unter die Haube. Er nickt. Mit rotem Kopf springe ich von der Mauer. Um mich herum verlieren die Bienen ihre Stacheln und werden zu dunklen Flecken auf dem Heidekraut.

Später hilft John mir, auf der Wiese vor dem Turm die langen Tische für das Schafschurfest am Abend aufzustellen. Tante Juniper trifft ein und sagt: »Du lässt den Pastor Möbel schleppen? Das finde ich gut. Ich sehe es gern, wenn Geistliche ein bisschen Demut zeigen.« Als ich in der Küche die Biestmilchkuchen hole, um sie zu den Tischen zu tragen, frage ich sie: »Mit wem willst du eigentlich Pastor Becker verheiraten, Tante?«

Sie sieht mich befremdet an. »Ich denke, der kann sich selbst eine Braut suchen.« Sie beißt in einen der feinen, gelben Kuchen aus der Milch von jungen Kühen, die gerade erst gekalbt haben, und leckt sich die Buttercreme von den Fingern, ohne sich von Kates missbilligendem Blick beirren zu lassen.

»Warum, Nichte? Hast du einen Vorschlag?«

Ich schüttle den Kopf und gehe wieder nach draußen, wo John sich gerade mit unseren Nachbarn unterhält. Ich stelle mich neben ihn und beobachte, wie die Sonne buttergelb ins Meer sinkt.

In dieser Nacht träume ich, dass John Becker Schafe schert. Ich schaue wie in Trance zu. Die Klingen der Schere blitzen und schnappen auf und zu. Dann rutschen sie plötzlich ab und reißen ihm den Oberarm tief auf. Ich renne zu ihm, um ihm zu helfen, und für einen kurzen Moment verschmelzen er und Robert in meinem

Traum zu einer Person. Doch sogleich werde ich vor Schreck ziemlich wach und das Bild verblasst im Dämmerlicht des anbrechenden Tages. Nach einer Weile stehe ich auf, ziehe meine Arbeitskleidung von gestern an, schlage ein paar übrig gebliebene Kuchen in Wachstuch ein und laufe auf meinem üblichen Weg durch den Wald.

Als ich in die Hütte trete, sitzt Robert auf seinem Strohsack. Ich habe ihm geraten, so zu tun, als sei er stumm, falls jemand hierher kommen sollte. Jetzt zieht er mich auf, indem er keinen Ton sagt, sondern nur mit den Lippen die Worte formt: »Guten Morgen, Beatrice.« Ich packe das Essen aus. »Du bist heute wie eine Bäuerin angezogen«, sagt er.

Ich betrachte ihn in seinen zerlumpten Kniehosen, seiner zerschlissenen, grünen Weste und seinem geflickten Leinenhemd und entgegne: »Aber du siehst wie immer hochelegant aus.«

»Wo hast du meine Waffen versteckt, Beatrice?«, fragt er, während wir die Kuchen verspeisen, die eigentlich viel zu schwer fürs Frühstück sind. Dies ist nur ein weiteres Zeichen meiner sinkenden Moral, denke ich.

»Ich habe sie ins Moor geworfen.«

»Was?« Er starrt mich fassungslos an. »Hast du nicht gesagt, du hättest sie irgendwo vergraben?«

»Das waren deine Kleider. Nein, Robert, deine Waffen liegen auf dem Grund des Mistholme Moss.«

Ich sehe ihm seine Verzweiflung an und einen Augenblick lang empfinde ich sie selbst.

Inzwischen ist er für mich ein Mensch, nicht nur ein reparaturbedürftiges Etwas. Ich lecke mir die Finger ab und beuge mich vor. »Zeig mir deinen Arm. Wie fühlt er sich heute an?«

Er schaut zu, wie ich seinen Ärmel hochschiebe und die Verbände entferne. Das Fleisch ist fast verheilt, auch wenn tiefe, rote Narben auf seinem Oberarm zurückgeblieben sind. Ich lächle ihn an. »Das sieht wirklich schon besser aus, nicht wahr? Wir lassen die Verbände heute weg. Jetzt musst du nur noch zu Kräften kommen.«

Plötzlich beugt er sich über mich anstatt umgekehrt. Ich weiche in die mit Kräutern gemischte Binsenstreu auf dem Fußboden zurück. Da er sich mir nicht weiter nähert, entspanne ich mich wieder. Er steht auf. Inzwischen zittert er nicht mehr bei jedem Versuch, auf die Beine zu kommen. »Ja, du hast Recht. Ich muss wieder zu Kräften kommen. Ich muss anfangen zu laufen, immer länger und schneller, und Sachen zu heben. Ich werde hier ein paar Arbeiten erledigen, die Wand ausbessern und so was. Keine Sorge. Ich werde vorsichtig sein. Und stumm.«

Er steht jetzt aufrechter da als zuvor, weniger gebeugt, und wirkt größer denn je, zu groß für die Kleider, die ich ihm mitgebracht habe. Er blickt zu mir herab. »Fragst du dich, ob du ein gefährliches Ungeheuer gesund gepflegt hast?«

Ja, das habe ich tatsächlich getan.

Draußen frischt der Wind auf. Äste kratzern am leeren Fensterrahmen. Wir beginnen beide gleichzeitig zu reden.

»Entschuldige ... du zuerst ...«

»Nein ... es war nichts Wichtiges ...«

»Ich wollte sagen, dass du ohne deine Waffen sicherer bist, Robert. Sie würden dich verraten. Ich werde dir ein Messer und einen Bogen mitgeben, wenn du nach Norden aufbrichst, damit du dich unterwegs ernähren kannst. Was wolltest du sagen?«

»Nur ... es ist ein Jammer, dass zwischen deinen und meinen Landsleuten Krieg herrscht.«

»Ja.«

»Ich werde nicht mehr herkommen. Vermutlich würdest du nicht ...«

»Was?«

»Ach, nichts.«

»Vielleicht kommst du doch zurück. Vielleicht überfällst du uns wieder, wenn ...« Ich beiße mir auf die Zunge. Beinahe hätte ich den geplanten Rachefeldzug unserer Männer nach Schottland erwähnt und wäre damit eine noch größere Verräterin geworden, als ich bereits bin. »Ich muss jetzt gehen. Verity und ich bringen heute die Wolle zum Markt in Kendal. Ich werde in ein oder zwei Tagen zurück sein.«

»Komm morgen wieder.«

»Mal sehen.« Ich küsse ihn auf die Wange, was mich ebenso überrascht wie ihn. Das ist eine Entschuldigung, sage ich mir, weil ich ihn über seine Waffen belogen habe.

Dreizehntes Kapitel

Verity und ich reiten nach Kendal, George und Jonah, zwei Knechte unseres Vaters, bringen die Wolle mit dem Pferdewagen zum Markt. Die eine Hälfte kommt dorthin, aus der anderen weben Frauen aus dem Tal für uns Wollstoff, von dem Mutter wiederum die Hälfte behält. Den Rest verkauft sie an fahrende Wollhändler aus dem Süden, die auf ihrer Rundreise zuerst uns und dann die Schaffarmen der Yorkshire Ryddings besuchen, bevor sie über Suffolk nach Hause zurückkehren.

Verity ist unterwegs merkwürdig still, doch auf dem Wollmarkt wird sie munter und erzielt noch bessere Preise als sonst. Sie hat eine besondere Art an sich, die den Leuten zu sagen scheint: »Greift zu oder lasst es bleiben. Mir ist es gleich.« Sie lacht und scherzt, überhört feindselige Bemerkungen und versteckte Andeutungen, als seien sie gar nicht gefallen, und schließt das Geschäft ab, wenn der verwirrte Kunde einen Preis nennt, den er eigentlich gar nicht zahlen wollte. Ich bin wirklich beeindruckt. Auf dem Rückweg frage ich sie: »Was ist los, Verity? Du bist irgendwie komisch.« Sie sieht mich an, wird rot und nervös, und einen Augenblick lang denke ich, dass sie mir gleich etwas Wichtiges erzählen wird. Doch dann lacht sie nur und zuckt die Achseln.

Am nächsten Tag besuche ich Robert. Ich habe ihm wieder Wacholdertee zur Blutreinigung gemacht, aber heute schiebt er die Tasse weg und sagt: »Jetzt reicht's! Das Zeug schmeckt scheußlich.« Ich habe ihm auch frische Sachen zum Anziehen mitgebracht, die ich aus dem Schrank hinten im Gemeinschaftsraum der Männer entwendet habe. Er verzieht das Gesicht, als er sie sieht. Sie sind alt und abgetragen, aber zumindest größer als die bisherigen Sachen und passen daher hoffentlich besser. Er nimmt sie und läuft mit ihnen zu einer Stelle weiter oben, wo der Bach zwischen hohen, moosbewachsenen Ufern fließt, um sich kurz ins Wasser zu legen, bevor er sie anzieht. Als er nach einer Weile mit schlackernden Hosen und nur halb zugeschnürtem Hemd zurückkommt, sagt er zu mir: »Beatrice, ich muss endlich etwas tun, um wieder Kraft in dem Arm zu bekommen. Kannst du mir einen Bogen mitbringen?«

Ich zögere. Einem Schotten, der sich in unserem Wald versteckt hält, eine Waffe in die Hand zu geben, scheint mir keine gute Idee zu sein.

»Ich könnte dir auch das Bogenschießen beibringen«, fügt er hinzu. Ich starre ihn an. Sich von einem

Schotten das Schießen beibringen zu lassen – das wäre wohl ein absolutes Unding.

»Nein danke, Robert. Ich kann bereits ganz gut schießen«, erwidere ich.

»Du könntest besser werden.«

»Du hast mich noch nicht schießen sehen.«

»Das brauche ich auch nicht. Ich habe gesehen, wie du Leute von Türmen stößt. Das reicht. Du zögerst und stellst dich ungeschickt an. Das hat mir das Leben gerettet.«

»Willst du etwa, dass ich lerne zu töten, ohne zu zögern?«

»Ja, mein Schatz, unser Essen wäre vielleicht besser, wenn du zwischendurch hier im Wald ein oder zwei Hirsche erlegen würdest. Mit diesem Arm kann ich das nicht.«

»Was? Jetzt hast du auch noch am Essen etwas auszusetzen?«

Wir fangen beide an zu lachen. Er greift nach meinem rechten Arm. »Bist du Rechtshänderin?«, fragt er und hebt meinen Ellbogen auf die Höhe meines Ohrs, dann zieht er ihn langsam nach hinten. Ich kann beinahe den Pfeil zwischen meinen Fingern und den Widerstand der Sehne spüren. Dann stellt Robert sich hinter mich, beugt sich vor und hebt meinen linken Arm, bis er waagerecht nach vorne ausgestreckt ist. »Bring einen Bogen mit. Ich zeig dir, wie man richtig damit umgeht.«

Ich reibe mir die Arme, die plötzlich mit einer Gänsehaut überzogen sind. »Mal sehen. Jedenfalls bringe ich dir mehr Fleisch mit, Robert, und, wenn ich kann, auch etwas Wild, aber ich werde nicht selbst losziehen und Hirsche erlegen.«

An den zwei darauf folgenden Tagen gehe ich nicht zur Hütte, sondern schließe mich den Knechten an, die den Bauern beim Wiederaufbau ihrer Häuser helfen. Es ist irgendwie beruhigend und befriedigend, das Gerüst aus waagrechten und senkrechten Balken sowie senkrechten Zwischenlatten wachsen zu sehen. Ich hole Haselruten aus dem Wald und helfe mit, sie zwischen die Latten zu flechten.

Verity und James, dessen großes Steinhaus den Angriff unversehrt überstand, helfen ebenfalls mit. Die beiden arbeiten wortlos zusammen, häckseln Stroh, vermengen es mit Lehm vom Küstenvorland und streichen die Masse auf das Flechtwerk. Wenn die Wände trocken sind, glättet der Muschelmann sie mit seinen scharfen Messern. Er kommt zurzeit öfter von seiner Klippe ins Tal herab.

Ein paar Mal spanne ich Hilda vor den Pferdewagen und fahre über den Hügel, um Kalk vom Brennofen bei Hagditch zu holen. Wir zerstoßen ihn mit Steinen zu feinem Pulver und machen daraus einen Verputz für die Außenwände. Jedes Mal, wenn ich den Hauptweg durch den Wald entlangfahre, ist mir bewusst, dass die Einsiedlerhütte nur anderthalb Kilometer weiter östlich liegt. Ich fühle, dass meine Mitarbeit beim Aufbau der Häuser meinen Zorn auf Robert erneuert hat. Der Gedanke, dass die Schotten im nächsten Frühjahr unsere ganze Arbeit wieder zunichte machen könnten, ist mir unerträglich. Trotzdem nehme ich meinen Bogen mit, als ich am dritten Tag zur Hütte zurückkehre. Robert will eine bessere Bogenschützin aus mir machen. Das könnte ihm noch Leid tun, falls er je wiederkommen sollte.

Zuerst finde ich ihn nicht. Dann sehe ich, dass er auf einen Baum geklettert ist. Ich habe mich so leise herangeschlichen, dass er mich nicht gehört hat. Er hockt in einer Buche und schnitzt an der Rinde herum. Ich beobachte ihn mehrere Minuten lang, ohne dass er mich bemerkt. Dann lege ich einen Pfeil in meinen Bogen und ziehe die Sehne zurück. Kurz bevor ich ihn fliegen lasse, sieht Robert mich. Der Pfeil bohrt sich unterhalb von ihm in den Baumstamm. Er erholt sich schnell von seinem Schreck und lacht.

»Mit dieser Haltung hättest du sogar Mühe, eine Scheune zu treffen, Beatrice. Komm, ich zeig's dir.« Er schwingt sich vom Baum. Ich sehe, dass sein Arm dabei schmerzt, aber er knurrt nur. Ich blicke zum Baum hinauf, um zu sehen, was er dort oben gemacht hat, tue dann aber so, als hätte ich nichts bemerkt, weil mein Name dort eingeritzt ist.

»Ich dachte schon, du würdest gar nicht mehr kommen«, sagt er.

Ich erkläre ihm, dass ich die zerstörten Häuser wieder aufbauen helfe, und betone, wie viel harte Arbeit das ist. Er sagt nichts dazu, sondern beginnt stattdessen, mich und meinen Bogen in eine Pose zu versetzen, die mir so theatralisch vorkommt, dass ich schon zu ihm sagen will: »Hör auf! Das ist doch albern.« Doch was er mit mir macht, erinnert mich irgendwie daran, wie ich ihn immer zurechtgerückt habe, als er noch schwer krank war. Nun rückt er mich zurecht. Er presst eine Hand oben auf meine Wirbelsäule und sagt: »Mach deinen Rücken hier gerade. Kinn runter. Augen geradeaus. Schau an deinem ausgestreckten Arm entlang; so wird er gewissermaßen zu deinem verlängerten Auge.« Kurz glaube ich, er hätte mich seitlich auf den Nacken geküsst, doch dann bin ich mir nicht mehr sicher, und ein Getue zu machen, wenn er es gar nicht getan hat, wäre peinlich.

Robert versucht selbst zu schießen, aber sein verletzter Arm ist immer noch viel zu schwach. Daher gibt er mir den Bogen zurück und bringt mir den ganzen Nachmittag lang bei, wie man richtig schießt. Er zeigt mir, wie ich mich hinstellen muss. »Verlagere dein Gewicht auf das hintere Bein, Beatrice, damit du einen guten Stand hast, und drehe dich von dort aus. Folge deinem Ziel mit den Augen und den Hüften. Hast du schon einmal eine Statue der Jagdgöttin Diana gesehen?«

»Nein, Sir, aber das klingt verdächtig heidnisch.« Ich versuche, so ernst und altmodisch zu klingen wie

Kate oder Pastor Pattinson. Robert lacht und tut so, als hätte er Angst vor mir.

Als es zu dämmern beginnt, hängt er Ziele für mich auf: ein rotes Blatt vom Herbst, das den Winter irgendwie überstanden hat, ohne zu verrotten, ein Büschel Schafwolle, ein innen samtweiches Stück Rinde. Ich schieße ein paar Mal daneben, aber meistens treffe ich. Er lobt mich überschwänglich. Später sagt er: »Morgen werden wir es mit einem beweglichen Ziel versuchen. Lass uns zusammen jagen gehen, Beatrice.«

»Ich soll mit einem Schotten auf die Jagd gehen?« Ich lache. »Lieber nicht, Sir.«

»Aber du kommst morgen?«

Ich nicke. »Ich habe Angst, dass wir erwischt werden. Du musst gesund werden, Robert, damit du dich so bald wie möglich auf den Heimweg machen kannst. Für den Fall, dass ich es nicht schaffe, morgen herzukommen, habe ich dir mehr zu essen mitgebracht. Es ist nicht mehr lange hin bis zur Sommersonnenwende. Da gibt es viel zu tun. In einer Woche feiern wir das Sonnwendfest.«

»Was, es ist schon Mitte Juni?« Sein Blick wird abwesend und schweift an mir vorbei in die Ferne. »Ich hätte nicht gedacht, dass ich zur Sommersonnenwende so weit weg von zu Hause sein würde.«

Ich betrachte ihn. Er hat kaum noch Ähnlichkeit mit dem Häufchen Elend, das er einmal war. Unsere Blicke treffen sich und einen Augenblick lang schauen wir uns nur an. Er sieht richtig gut und gesund aus – und mit seinen rostroten Haaren und seinen hellbraunen Augen wie ein waschechter Schotte. Inzwischen wäre es schwierig für ihn, einen stummen Landstreicher zu spielen, falls jemand ihn entdecken sollte. Doch er ist noch nicht kräftig genug, um sich auf den Weg nach Schottland zu machen. Er ermüdet zu schnell. Er wäre noch nicht fähig, kilometerweit zu reiten oder zu laufen, Verfolger abzuhängen und sich unterwegs selbst zu ernähren. Wenn er mehr Kraft in seinem Arm hätte, würde ich ihm ein Boot besorgen, aber wir können nicht warten, bis seine Muskeln und Sehnen sich so gut erholt haben, dass er nach Schottland rudern kann. Er muss möglichst bald von hier verschwinden, aber wenn er seine Kräfte überschätzt, wenn er einfach aufbricht, obwohl er eigentlich noch zu schwach ist, wird er mit ziemlicher Sicherheit erwischt.

Er nimmt meine Hand, und diesmal bin ich mir sicher, dass ich mich nicht täusche, als er mich leicht auf die Wange küsst.

Am Morgen vor dem Sonnwendfest, als ich in den stickigen, düsteren Kuhstall laufe, gestehe ich mir ein, dass jeder Tag, an dem ich Robert nicht besuche, für mich ein Tag ohne sinnvolles Ziel ist. Ich lehne die Stirn an die kühle Wand und denke über ihn nach.

Heute schmücken wir unsere Kühe mit Blumenkränzen. Das gehört zum Sonnwendfest ebenso wie die großen Feuer. Ich gehe zu unserer besten Milchkuh

Elisabeth hinüber. Sie glotzt mich durch ihre langen, geraden Wimpern an. Ihre schwarze Schnauze ist rau und feucht und rundherum stehen Härchen davon ab wie ein Heiligenschein. Ich hole ihren Kranz aus drei rund gebogenen Weidenruten, um die blühende Grindkrautzweige und wilde Rosen geflochten sind. Die Blumen duften und leuchten im Halbdunkel. Als ich Elisabeths Ohren durch den Kranz ziehe, versucht sie mich wegzuschubsen. Ihre Flanken sind heiß und riechen nach Gras. Überall um mich herum strotzt es vor sommerlicher Fruchtbarkeit. Ich fühle mich allein inmitten dieser wilden, übermächtigen Natur und sehne mich nach menschlicher Gesellschaft. Mutter ist mit anderen verheirateten Frauen aus dem Tal losgezogen, um alle Brunnen feierlich mit Blumen zu schmücken, damit wir den ganzen Sommer über Wasser haben. Verity ist auch weg. Sie verschwindet in letzter Zeit oft. Leo und Dickon treiben die übrigen Rinder ins Gehege, damit sie nicht in Panik ausbrechen, wenn die Feuer entzündet werden, die Musik losgeht und die Leute zu tanzen beginnen. Hugh . . . nein, nach Hugh sehne ich mich nicht.

Ich streichle Elisabeths faltige Stirn. Plötzlich finde ich die nach Vieh riechende Wärme unerträglich. Ich laufe hinaus und den Hügel hinauf, bevor ich anfangen kann, mich in einem Kuhstall nach Robert zu sehnen.

Vierzehntes Kapitel

Auf der Wiese versammeln sich bereits Leute. Irgendwo im Turm stimmt Germaine ihre Fidel. Ich renne die Wendeltreppe hinauf. Vater steht in der Tür vom Wohnsaal zu seiner Kammer und legt seine Bauchbinde an. Sein parfümierter Lederumhang hängt über der Lehne seines schweren Eichenstuhls. »Guten Morgen, Tochter«, begrüßt er mich. Er liebt Märkte und Feste, denn sie sind ein Anlass, sich herauszuputzen, und ein guter Vorwand, sich zu betrinken. »Bist du bereit, die Sommersonnenwende zu feiern, mein Kind?«

»Ja, Vater. Komm, ich helfe dir.«

Er lässt die Bänder an seiner Bauchbinde los. Sie sausen mit erstaunlicher Geschwindigkeit aus den Löchern und die Bauchbinde rutscht auf seine Hüften hinab. Während ich sie wieder zuschnüre, sagt er: »Dein Onkel Juniper und ich machen uns Sorgen, Beatrice.«

»So?« Ich sehe zu ihm auf.

»Es heißt, meine beiden Töchter würden in letzter

Zeit ständig in der Gegend herumstromern. Dein Onkel möchte ein Datum für die Verlobungen festlegen.«

»Und du, Vater?« Ich sehe, dass seine Hände zittern, als ich die Bänder durch die letzten beiden Löcher ziehe und doppelt verknote.

»Ich auch.« Er sieht mich kurz an und sagt: »Du weißt, dass wir Enkel für die Höfe brauchen, Beatie. Du kannst deine Verlobung nicht ewig aufschieben.«

Ich richte mich auf. »Gib mir Zeit bis zum Winter, Vater.« Ich habe die Worte des Muschelmanns im Kopf: »Bis Allerheiligen wird er reisefähig sein. Und bevor der Winter einsetzt, wird er zu Hause sein.« Ich brauche nur Zeit bis zum Winter. Ich lege Vater den Umhang über die Schultern. »Vater, wie wäre es, wenn Verity und ich aufhören herumzustromern und du dich dafür von den Landstraßen fern hältst?«

Ich erkenne sofort, dass ich das nicht hätte sagen sollen. Vater zieht die Augenbrauen zusammen und bekommt rote Flecken auf den Wangen. Ich weiche zurück und bin weg, bevor er Anstalten machen kann, mich zu verfolgen, aber seither habe ich mich oft gefragt, ob die Dinge sich vielleicht anders entwickelt hätten, wenn ich ihn an diesem Morgen nicht verärgert hätte, wenn er nicht von vornherein verstimmt gewesen wäre.

An allen vier Ecken der langen Wiese auf der dem Meer zugewandten Seite des Turms brennen bereits Feuer. Bauern aus dem ganzen Tal haben ihre besten

Kühe oder Ziegen mit Kränzen geschmückt und mitgebracht. Die Tiere sind rund um die Wiese angebunden. Der Rauch und die Aufregung, die in der Luft liegt, machen sie unruhig. Ihr Gebrüll verleiht dem Fest etwas Wildes.

Ich ziehe einen Rock und eine Bluse aus roter Seide an. Mutter hat sie mir aus dem Stoff genäht, den Gerald Verity auf dem Maimarkt gekauft hat, denn Verity warf den Stoffballen aus dem Fenster, kaum dass sie zu Hause war. Über die Bluse schnüre ich ein besticktes, cremefarbenes Mieder. Dann stecke ich mir eine Rose ins Haar und gehe hinaus, um mitzufeiern.

»Du lieber Himmel, sie sieht aus wie eine Zigeunerin!«, ruft Kate aus, als ich im Torhaus an ihr vorbeilaufe. Mir fällt auf, dass auch sie sich besonders festlich herausgeputzt hat.

Simon Sims, ein fahrender Händler, Spielmann und Bänkelsänger, der uns jedes Jahr zur Sommersonnenwende besucht, ist mit seiner Fidel eingetroffen, sodass Germaines Gekratze uns erspart bleibt. Sie kommt auf mich zu. In ihrem grasgrünen Seidenkleid sieht sie atemberaubend aus. Ich lächle sie an. Heute ist ein Festtag und ich bin gut gelaunt. Wir laufen zusammen den Hügel hinab und mischen uns unter die tanzende Menge auf der mit gehäckseltem Stroh bestreuten Wiese.

Auf der Tanzfläche herrscht bereits ausgelassene Stimmung. Wir bilden spontan Formationen und wirbeln mit jedem herum, der gerade in der Nähe steht. Nach einer Weile ziehen wir uns völlig außer Atem von der Tanzfläche zurück und scharen uns um den Bänkelsänger, um die letzten Neuigkeiten aus den nördlichen Grafschaften Englands zu hören. Er berichtet von weiteren Verwüstungen, die die Schotten angerichtet haben. »Fünfzehn starben in Nether Kellet«, singt er. Das wussten wir bereits, aber er hat eine dramatische Art, es zu verkünden. »Sie wüteten und plünderten in Priest Hutton, legten in Keswick zwanzig Steinhäuser in Schutt und Asche, verbrannten in Allithwaite die ganze Ernte an Hafer und Gerste ...«

Wir schnalzen mit der Zunge und rücken näher heran, um zu hören, wie schlimm es anderen erging.

»Hier bei uns kamen sie übers Meer«, erzählt Kate, denn wir müssen dem Bänkelsänger zum Lohn auch ein paar Neuigkeiten mitteilen. »Drüben auf dem Mere Point haben sie alle Rinder gestohlen.«

»So?« Simon schüttelt den Kopf. »Weiter nördlich kamen die Banditen zu Pferd über die Grenze. Wahrscheinlich haben die Piraten, die euch überfallen haben, das gestohlene Vieh ihren berittenen Kumpanen mitgegeben.« Er lacht und entblößt dabei große, kräftige Zähne. »Sie haben es wohl kaum in ihren Booten mitgenommen!«

Nachdem er und sein Publikum weitere Horrorgeschichten ausgetauscht haben, greift er zu seiner Fidel und spielt ein Tanzlied. Hugh trifft auf seinem neuen

Pferd ein. Seit die Schotten sein altes gestohlen haben, reitet er einen großen Rotschimmelwallach. Er bindet ihn neben dem Bach an und kommt zu mir herüber. Wir tanzen zusammen. Die Musik wird wilder und die Tiere brüllen noch lauter. Plötzlich beginnt jemand im Rhythmus von Simons Fidel zu trommeln. Das ist James Sorrell. Er sitzt auf einem Heuballen am Rand der Tanzfläche. Ich weiß, dass er Wochen gebraucht hat, um diese Trommel anzufertigen, die einen besonders schönen Klang hat. Nun schlägt er mit dem Handballen genau im Takt auf das kunstvoll verzierte Ziegenleder. Ich tanze an ihm vorbei und winke ihm zu. Er wirft die Hand zum Gruß hoch, ohne einen Schlag zu verpassen.

Gerald und Germaine scheinen verrückt geworden zu sein. Sie wiegen sich eng umschlungen im Rhythmus der Musik. Ich überlege mir, ob ich hinlaufen und sie warnen soll, dass Vater gerade herauskommt, aber was nun geschieht, macht alles andere unwichtig. Verity taucht auf, stellt sich neben James, legt ihm die Hand auf die Schulter und lächelt zu ihm hinab. Er schlägt mit den Handflächen einen schnellen Trommelwirbel, dann steht er auf und küsst sie. James hat nicht in jeder Lebenslage ein gutes Gespür für den richtigen Zeitpunkt.

Die Leute in ihrer Nähe hören auf zu tanzen und machen große Augen. Nicht entsetzt, sondern belustigt befreit Verity sich aus James' Armen. Im nächsten

Augenblick wirft ein heftiger Schlag James auf die Knie. Über ihm steht keuchend und mit hochrotem Gesicht mein Vater.

»Mach, dass du von meiner Tochter wegkommst, du Flegel!«, schreit er. Die Musik bricht ab. Ein Raunen geht durch die Menge. Vater hebt seine kleine Axt, mit der er sonst Geflügel köpft. Kurz sieht es so aus, als wolle er sie auf James' Kopf niedersausen lassen. Stattdessen schwingt er sie hoch und schlägt sie in die Trommel. Das Leder platzt auf.

»Vater!« Veritys Zorn erschreckt mich, weil er echt ist. Das ist nicht das übliche derbe Gefrotzel zwischen ihr und Vater. Sie reißt ihm die Axt aus der Hand. »Wie kannst du es wagen!«

Einen Augenblick lang droht die Spannung zwischen ihnen in Gewalt umzuschlagen. Sie starren einander in die Augen. Hinter ihnen steht James langsam auf, mit einem wütenden Ausdruck auf dem Gesicht. Ich sehe Vater an, dass er verwirrt ist. Er hatte gedacht, er müsste Verity beschützen. »Tochter ...?«, fragt er jetzt nur.

Da nimmt Verity James' Hand und sagt: »Ich würde James Sorrell gerne heiraten, wenn du einverstanden bist, Vater.« Ihre Stimme zittert. Die Menge verstummt.

Im ersten Augenblick sieht es so aus, als treffe Vater der Schlag. Seine Wangen laufen puterrot an und seine Nase wird fast blau. Er ist unfähig, etwas zu sagen. Dann beginnt er plötzlich zu lachen. »Deine Schlagfertigkeit gefällt mir, Tochter«, sagt er und stapft wieder hinauf zum Turm. »Sehr gut. Wirklich sehr gut«, murmelt er unterwegs vor sich hin.

Verity starrt ihm nach. Ihr Kinn zittert. »Ich werde Gerald nicht heiraten! Hörst du, Vater? Nie, nie, nie!«, ruft sie ihm hinterher. Sie ist in Tränen aufgelöst. Ich lege den Arm um sie, aber sie schiebt mich weg. »Wo warst du, als ich dich brauchte, Beatrice? Irgendwo im Wald mit Hugh? Du bist auf ihrer Seite, nicht auf meiner!« Ich schaue sie fassungslos an.

Die Leute stehen ratlos herum. Einige verdrücken sich, weil sie Angst haben, sich Vaters Groll zuzuziehen, wenn sie sich einmischen. Leo gibt James seine Trommel und murmelt: »Deine kriegen wir schon wieder hin.« Hugh fordert Simon Sims mit einem Handzeichen zum Weiterspielen auf. Germaine, die nun Abstand von Gerald hält, holt ihre Fidel und gesellt sich zu Simon Sims. Sie spielen zusammen, tanzen grinsend umeinander herum, schubsen sich scherzhaft mit den Ellbogen und den Hüften und bringen die Leute zum Lachen. Allmählich kehrt die fröhliche Feststimmung zurück.

»Tut mir Leid, Schwester«, sagt Verity zu mir und schreitet schluchzend, aber erhobenen Hauptes mit James in Richtung Pike davon. So straft sie uns alle mit Verachtung. Auf dem Hang legt James den Arm um sie. Ich sehe den beiden lange nach. Hugh streckt mir die Hand entgegen, aber ich schüttle den Kopf. Es gibt nur einen Ort, an dem ich jetzt gerne wäre, und der ist weit weg von hier.

Ich reite im schnellen Trab durch den Wald. Auf halbem Weg zur Hütte treffe ich Mutter, die mit einem Lächeln auf dem Gesicht und Fischschuppen im Haar von der Küste herüberspaziert kommt. Sie ist überrascht, als sie mich sieht.

»Beatie, wo willst du denn hin? Ich dachte, du würdest heute bis Mitternacht tanzen.«

Ich springe vom Pferd und umarme sie. »Ich brauche eine kleine Pause von dem Trubel. Gehst du heim? Vater und Verity haben sich gestritten. Vielleicht würde sie gerne mit dir reden, wenn sie vom Pike zurückkommt.«

Mutter macht ein bestürztes Gesicht. »Dann gehe ich wohl besser.« Sie beißt sich auf die Lippe. »Ich sollte nicht so oft weg sein. Bis später also. Genieße deinen Ausritt.«

Ich setze einen Fuß in den Steigbügel. Ich wünsche mir so sehr, wir könnten offen miteinander reden und hätten keine Geheimnisse voreinander. Geheimnisse haben dazu geführt, dass Verity mir vorwarf, ich hätte sie vernachlässigt und sei nicht auf ihrer Seite. Robert ist ein Geheimnis, das ich nicht verraten darf, aber daneben erscheinen alle andere Geheimnisse nicht der Mühe wert, sie zu hüten. Wie kann ich Mutter nur fragen, ob unser hiesiger Medizinmann ihr Liebhaber ist?

»Mutter ... ?«

»Ja, mein Kind?« Sie klingt ungeduldig. Ich greife in meine Satteltasche und hole einen Lederbeutel heraus, den der Muschelmann mir gegeben hat, als Robert noch schwer krank war. Er enthielt schmerzstillende Kräuter. Ich wollte ihn irgendwann zurückbringen.

»Könntest du den bitte Cedric wiedergeben?«

Ihr Mund klappt auf und bleibt offen stehen. Ihre großen, blauen Augen starren mich erschrocken an und ihr Gesicht wird aschfahl.

Ich bekomme einen Schrecken. »Es tut mir Leid, Mutter. Ich hätte nichts sagen sollen.«

Sie fährt sich mit zitternder Hand übers Gesicht. »Willst du mich auf diese Art aushorchen, Beatrice?«

Nun merke ich, dass ich Mutter gar nicht zu fragen brauche. Es ist offensichtlich, dass sie den Muschelmann liebt, und ich kann es ihr nicht einmal verdenken. Ich schüttle den Kopf. »Nein, Mutter, das will ich nicht.«

»Woher kennst du ihn, Beatrice? Was war in diesem Beutel?«

»Ein ... Heilmittel ... ein paar Kräuter für jemanden, den ich kenne ...«

»Es überrascht mich, dass du mir gar nichts davon erzählt hast und dass Cedric nie erwähnt hat, dass er dich kennt.«

Mutter versteht es, ein Gespräch behutsam in eine andere Richtung zu lenken und ihr Gegenüber in die

Defensive zu bringen. Plötzlich fühle ich mich ihr sehr nahe: Wir beide tun etwas Verwerfliches. Ich küsse sie auf die Wange und denke erleichtert: Wenn Cedric nicht einmal ihr von unserer Begegnung erzählt hat, dann hat er Robert bestimmt bei keinem mit einem Sterbenswort erwähnt. Mutter sagt: »Er ist ein selten guter Mensch, Beatrice. Wenn du schon mit ihm zu tun hattest, hast du das sicher gemerkt.« Sie nimmt den Beutel und nickt, dann läuft sie schnell durch den Wald davon.

Fünfzehntes Kapitel

Robert ist weder in der Hütte noch irgendwo in ihrer Nähe. Ich suche ihn im Wald und riskiere es sogar, nach ihm zu rufen. Ein paar Pfeile, die er geschnitzt hat, liegen draußen vor der Hütte. Sie sind erst halb befiedert. Ein paar der grauen Gänsefedern, die er dazu benutzt, fliegen im Wind herum. Ich suche nach einer Nachricht, dann wird mir klar, dass ich nicht einmal weiß, ob er lesen oder schreiben kann.

Ist er gegangen? Hat er kurzerhand beschlossen, dass er jetzt kräftig genug ist, um nach Schottland zurückzukehren? Gestern klang er, als hätte er großes Heimweh. Ich fröstle trotz der Hitze. Er hat bestimmt nicht versucht, die Sandbänke auf eigene Faust zu überqueren. Der Treibsand ist ständig in Bewegung und sehr tückisch. Alle Reisenden müssen sich von einem Führer hinüberbringen lassen. Der einzige Führer hier in der Gegend ist Cedric. Ich habe ihn auf dem Sonnwendfest nicht gesehen. Vielleicht geleitet er Robert gerade in diesem Moment über die Sandbänke oder vielleicht hat er es bereits letzte Nacht im Schutz der Dunkelheit getan.

Es wundert mich, dass Robert anscheinend gegangen ist, ohne mir Lebewohl zu sagen. Ich sollte eigentlich erleichtert sein, bin es aber nicht, obwohl ich einsehe, dass es für ihn besser war, zu verschwinden, bevor der näher rückende Rachefeldzug unserer Männer nach Schottland das Blut der Leute hier in Wallung bringt.

Ich suche noch einmal den Wald ab, dann binde ich Hilda los, die ich am Bach zurückgelassen habe. Die Sonne wandert an diesem längsten Tag des Sommers in einem großen Bogen nach Westen. Es wird ein schöner Abend werden. In der Bucht steigt die Flut, während ich den Hügel hinabreite. Um die Sonnwendfeuer auf der Festwiese flimmert jetzt die Luft. Germaine sitzt in ihrem grünen Seidenkleid auf einem Holzstoß und spielt auf ihrer Fidel ein Klagelied. Ein betrunkener Landarbeiter torkelt aus dem Gebüsch auf mich zu. Sein Gesicht ist gerötet und seine Kleidung unordentlich. »Ich bin bereit zum Kampf gegen die verfluchten Schotten«, erklärt er und fällt in die Disteln.

Ich reite weiter auf unseren Turm zu. Entlang des Tals brennen schon Fackeln, die den Festgästen heimleuchten sollen. Es riecht nach heißem Teer und nach Mist. Ein paar Bauern stehen noch plaudernd und lachend herum. Dickon hält sich ein Paar Widderhörner an den Kopf und tanzt zu der Melodie, die Germaine spielt. Um uns herum bricht die Dämmerung herein.

Allmählich überkommt mich das Gefühl, dass etwas nicht stimmt. Es herrscht eine seltsame Stimmung, eine unterdrückte Aufregung unter den Leuten, die noch da sind. Ich überlasse Hilda Leo und bin versucht, ihn zu fragen, was los ist, aber ich will ihn nicht mit der Nase darauf stoßen, dass ich weg war.

In der Küche hängt Kate einen Topf in die oberste Kerbe des Kesselhakens, um das Abendessen hoch über dem Feuer langsam vor sich hinköcheln zu lassen. Sie rechnet offenbar damit, dass es heute spät wird. »Kate, was ist los?«, frage ich. »Es kommt mir so vor, als wäre irgendetwas im Gange.«

Sie verzieht den Mund und wirft mir einen missbilligenden Blick zu, während sie die Kurbel an der Winde dreht, die den Kesselhaken wieder über das Feuer befördert. »Alle, die sich nicht im Wald herumgetrieben haben, wissen, was los ist, mein Fräulein.«

Ungeduldig wende ich mich zum Gehen. Da fügt Kate, die die sensationelle Neuigkeit selbst verkünden will, schnell hinzu: »Sie bilden einen Suchtrupp.«

Ich erstarre. Plötzlich hat der Rauch der Sonnwendfeuer einen üblen Geruch. »Wer ist es? Wen jagen sie diesmal?«, frage ich.

Kate wendet mir ihr vom Feuer gerötetes Gesicht zu. Nach einer theatralischen Pause flüstert sie: »Sie haben im Wald einen Schotten entdeckt.«

Ich habe das Gefühl, gleich ohnmächtig zu werden. Kate wischt sich ihre vom Zerschneiden des Hammelfleischs blutverschmierten Hände an der weißen Schürze ab, die sie über ihr Rüschenkleid gebunden hat. Ich lasse mich auf die Eichenbank sinken. »Wenn sie ihn jagen, dann ist er ihnen wohl entwischt?«

»Ja, die Burschen waren zu betrunken, um ihn festzuhalten. Aber er wird nicht weit kommen. Sie durchkämmen die ganze Gegend und schneiden ihm den Weg um die Bucht ab. Wenn er über die Sandbänke zu fliehen versucht – na, der Herr steh ihm bei. Das würde uns viel Mühe ersparen.«

Eine große, weiße Motte fliegt an mir vorbei ins Feuer und verbrennt mit leisem Zischen. Trotz der Hitze überläuft mich eine Gänsehaut. Auch mich wird man bei lebendigem Leib verbrennen, wenn ich bei dem, was ich vorhabe, erwischt werde. Ich stehe auf. »Kate, ich gehe ins Bett. Menschenjagden machen mich krank. Weck mich bitte nicht zum Abendessen.«

Kate wiegt ihr Hackmesser in den Händen. »Oh, dann sind also beide junge Damen unpässlich. Fräulein Verity hat sich auch schon hingelegt, weil sie sich nicht wohl fühlte.«

Ich laufe aus der Küche, während sie noch redet, dann schiebe ich noch einmal den Kopf um den Torbogen: »Kate, wo haben sie ihn denn gefunden, diesen Schotten?«

»In dem Eschenwäldchen beim Kalksteinbruch, habe ich gehört. Da läuft es einem eiskalt den Rücken runter.«

Im Eschenwäldchen – bestimmt wollte er dort Äste für neue Pfeile schneiden. Wie konnte er nur so dumm sein und sich so weit vorwagen! Wut auf ihn überkommt mich. Nun war unsere ganze Vorsicht umsonst. Ich renne zu meiner Kammer hinauf. Das Treppenhaus ist von beißendem, schwarzem Rauch erfüllt, der durch die Schießscharten hereingezogen ist. Ich huste, bis ich in meiner Kammer bin. Von draußen dringen Stimmen von Leuten herein, die sich im Gehege versammelt haben. Es scheinen immer mehr zu werden und alle klingen betrunken. Ich höre Feuersteine auf Stahl schlagen und sehe, verzerrt durch das Glas in meinem Fenster, Funken sprühen, Zunder glimmen und Fackeln auflodern. Ich laufe zur Plattform hinauf, wo Martinus und George an der Brüstung stehen und die Menge unten beobachten.

»Sie glauben, dass er ein Kundschafter für einen neuen Angriff ist«, erzählt mir George. »Es sei denn, er wäre beim letzten zurückgelassen worden.«

Unten ertönen Beifallsrufe. Ich spähe über die Brüstung und sehe meinen angetrunkenen Vater schwankend auf der Gehegemauer stehen und nach seinem Hengst Caligula rufen. Jemand bringt ihm das Pferd und er lässt sich in den Sattel sacken. Das Gehegetor schwingt auf und die Menge drängt hinaus. Die wenigen Pferde tänzeln nervös. Vom Rand des dunkler werdenden Waldes dringt Geheul herüber. Master Spearing, der das Wirtshaus im Dorf Barrowbeck betreibt, ist mit seinen beiden Spürhunden eingetroffen. Ich beobachte, wie ihnen irgendein Bündel unter die Schnauze gehalten wird, dann erkenne ich, dass es die rotbraune Weste ist, die ich für Robert aus dem Schrank hinten im Gemeinschaftsraum der Männer entwendet habe. Ich bekomme Angst, dass der Mann, dem sie einmal gehörte, sie wiedererkennen könnte, und mir wird schlagartig klar, dass sie wahrscheinlich nicht nur nach Robert, sondern auch nach mir riecht.

Der Suchtrupp entfernt sich langsam. Die Männer, die zu Fuß gehen, halten Abstand von den nervösen Pferden. Ich sage den beiden Wachen gute Nacht und gehe zur Treppe. Sobald ich außer Sichtweite bin, laufe ich schnell in meine Kammer hinunter. Mein Kater Cäsar flitzt mir hinterher und hält das für ein lustiges Spiel. Ich schubse ihn weg, werfe mir meinen Umhang über die Schultern und renne die Treppe hinab.

Ich husche durch den hinteren Teil der hell erleuchteten Küche, ohne dass Kate mich sieht, und eile durch den Stollen zum unterirdischen Gang, an der Wolfsgrube vorbei, durch den Gewölbekeller unter der Milchkammer, dann den Ausgangsstollen hoch und ins Gehege hinaus. Hilda trottet auf mich zu. Ich streichle ihren warmen Hals, lasse sie aber stehen. Ich darf nicht auffallen. Draußen auf der kühlen Wiese ziehen Rauchschwaden über meine Schultern hinweg und ein heller, bleicher Mond scheint auf das Meer am Ende des Tals. Robert, wie fühlst du dich dort draußen im

Dunkel? Du bist bestimmt kein furchtsamer Mensch, aber jetzt fürchtest du dich vielleicht doch. Kannst du die Hunde hören?

Die Reiter zügeln ihre Pferde, damit das Fußvolk sie einholen kann, und lassen den Hunden Zeit. Ich folge dem Suchtrupp leise, doch bei dem Gekläffe der Hunde können die Leute mich sowieso nicht hören. An der Kreuzung der Straße von Barrowbeck nach Hagditch mit der Straße vom Mere Point nach Wraithwaite bleibt der Suchtrupp unschlüssig stehen. Ich presse mich gegen einen Baumstamm. »Die Hunde wollen da lang.« Jemand deutet in Richtung Mistholme Moss.

»Ja, er wird zum Moor gelaufen sein.« Das ist Vaters Stimme.

Plötzlich weiß ich, wo Robert ist. Gestern habe ich ihm die Wahrheit über seine Waffen gesagt. Sie liegen tatsächlich auf dem Grund des Mistholme Moss, doch ich hatte ihm verschwiegen, dass ich sie vorher in Öltuch eingewickelt und an einer langen, dünnen Kette befestigt habe, so dass sie bei Bedarf wieder herausgezogen werden können. Vermutlich habe ich das getan, weil ich sie zu kostbar fand, um sie einfach wegzuwerfen, denn es sind gute Waffen, in denen viel Arbeit steckt.

Der Suchtrupp läuft weiter in Richtung Mistholme Moss. Ich kenne dieses Moor gut. Dort holen wir Binsen und stechen Torf. Es gibt eine Abkürzung dorthin über das mit Stechginster bewachsene Heideland auf der anderen Seite der Straße. Wenn ich diese Abkürzung nehme, kann ich das Moor vor dem Suchtrupp erreichen. Ich raffe meine Röcke, klettere die steile Straßenböschung hinauf und kämpfe mich durch das stachlige Gebüsch, in dem scharfkantige Felsbrocken verstreut liegen.

Ich frage mich, ob Robert in dem Labyrinth aus Wasser und Schilf, welches das Mistholme Moss ist, wohl die Stelle mit den alten Weiden gefunden hat, die ich ihm beschrieben habe. Bei Tag wäre sie leicht zu erkennen. »Dort, wo die gelben Schwertlilien blühen«, habe ich zu ihm gesagt. Aber ob er das in der Dunkelheit erkennt? Das helle Mondlicht, das immer wieder von Wolken verdunkelt wird, wird sein Verbündeter und gleichzeitig sein Feind sein.

Ich sehe noch lange die Fackeln der Männer, während ich über das unwirtliche Heideland stolpere. Mein Weg ist zwar kürzer, aber dafür mühsamer als ihrer. Ich komme nur beängstigend langsam voran. Ständig bleiben meine Röcke an den Dornbüschen hängen. Stellenweise ist das Dickicht aus Stechginster und Farnkraut undurchdringlich, dann muss ich Umwege über steile Hänge und durch tiefe Gräben machen. Meine Strümpfe sind bald zerrissen und voller Dornen. Endlich erreiche ich die Böschung der Mistholme Road. Ich klettere hinunter. Dann bleibe ich kurz stehen und lausche. Der Suchtrupp muss inzwischen weit hinter mir sein. Ich habe eine Chance, Robert vor ihm zu finden.

Vor mir, auf der anderen Seite der Straße, liegt das

Moor. Wo glänzende Wasserflächen sich mit dunklem Schilf abwechseln, sieht es aus wie ein Flickenteppich aus Seide und Wolle. Eine Eule schreit auf dem Hügel, über den ich gekommen bin, und eine zweite antwortet ihr von der bewaldeten Anhöhe hinter dem Moor. Ich steige den mit Geröll übersäten Abhang auf der anderen Straßenseite hinunter. Unterhalb von ihm ist der Boden weich. Nun riskiere ich es, nach Robert zu rufen, erhalte aber keine Antwort. Um meine Stiefel quillt Wasser aus dem Boden, während ich mich vorsichtig auf einen sicheren Pfad zubewege, der zu den alten Weiden führt.

Ich laufe jetzt zwischen kleinen Moorseen hindurch. Eine leichte Brise kräuselt ihre Oberfläche. Lange, flache Wellen plätschern ans Ufer unterhalb des Pfades. Irgendwo in meiner Nähe quakt eine Ente im Schlaf. Kleine Büschel Wasserpest ragen wie Warzen aus dem Wasser. Als ich mich den Weiden nähere, höre ich vor mir etwas platschen, aber es ist nur ein putzmunterer Otter. Noch einmal rufe ich: »Robert?«

Ich überlege mir, wo der Suchtrupp inzwischen wohl ist. Er kann nicht mehr weit hinter mir sein. Die dicht stehenden, hohen Weiden vor mir verdecken den Mond. Irgendetwas Glitschiges bewegt sich unter meinen Füßen. Um mich herum hüpfen kleine Gestalten ins Wasser. Es sind Frösche, die vor mir fliehen. Erst als es still ist, wird mir bewusst, wie laut sie gerade noch gequakt haben.

Robert ist nicht bei den Weiden. Ich gehe zu dem tief herabhängenden Ast, an dem ich die Kette, die seine Waffen hält, befestigt habe, und fahre mit der Hand daran entlang. Ich versinke bis über die Stiefel im Wasser, als ich den Ast zur Sicherheit ein zweites Mal abtaste. Die Waffen sind weg.

Dann höre ich den Suchtrupp. Er hat das Moor erreicht. Die Hunde bellen aufgeregt, als hätten sie eine Fährte gewittert. Ist es die von Robert oder meine?, frage ich mich. Ich stehe reglos da und überlege mir, welchen Weg die Männer wohl einschlagen werden. Ich muss jetzt einen großen Umweg machen und auf Pfade ausweichen, die ich nicht so gut kenne. Ich klettere durch die Weiden und versuche mit dem Fuß zu ertasten, wo der Pfad weitergeht, aber ich kann ihn nicht finden. Hier scheint überall nur Wasser zu sein. Ich klettere zurück und nehme einen unsicheren, matschigen Pfad, der viel weiter oben an der Mistholme Road enden wird. Aber wie ich aus dem Moor herauskomme, ist meine kleinste Sorge.

Plötzlich bellen die Hunde wieder. Oh Gott! Sie müssen mich gerochen haben. Sie müssen wissen, dass ich diese Weste in der Hand hatte. Ich habe sie durch den Wald getragen und Robert geholfen, sie an- und auszuziehen, als er es noch nicht alleine konnte. Ich versuche, schneller zu laufen, und falle prompt ins Moor. Kaltes, torfiges Wasser schlägt über meinem Kopf zusammen. Ich würge und tauche wieder auf.

Mein nasser Umhang schnürt mir den Hals zu, als ich auf den Pfad zurückkrieche. Ich würde gern meine Stiefel ausleeren, wage aber nicht stehen zu bleiben. Ganz in der Nähe knurrt etwas. Der Mond ist hinter einer Wolke verschwunden. Ich stehe wie erstarrt da und warte auf einen Angriff, dann begreife ich, dass es das Wasser ist, das durch das Schilf am Wegrand zurückgurgelt.

Links von mir, aber noch weit entfernt, höre ich Rufe. Die Hunde kläffen erneut los. Das Wasser scheint den Lärm herüberzutragen. Mir klappern die Zähne und ich zittere am ganzen Körper vor Kälte und Angst. Ist Robert dort drüben? Haben sie ihn erwischt? In diesem Moment kommt der Mond wieder heraus und ich sehe die Straße. Ich taumele auf sie zu und schleppe mich den Geröllhang hinauf. Am liebsten würde ich mich eine Weile auf dem Trockenen ausruhen, aber dazu ist keine Zeit. Ich blicke die Straße entlang und sehe einen Lichtschein in der Ferne, wo Felsen das Licht der Fackeln zurückwerfen. Ich renne darauf zu, dann klettere ich die Felsen hinauf, um von oben die Straße zu beobachten. Unter mir laufen die Männer des Suchtrupps herum. Einer lässt die Hunde noch einmal an der Weste schnuppern. Sie haben Robert also noch nicht gefunden. Dann höre ich ärgerliche Stimmen. Da ist noch jemand. Ich pirsche mich näher heran. Meine nassen Stiefel quietschen und rutschen auf den Felsen. Es ist Pastor Becker auf seinem schwarzen Pferd. Er und Vater schreien sich an. Die Spürhunde von Master Spearing beginnen nach den Fesseln von John Beckers Pferd zu schnappen, aber es rührt sich nicht von der Stelle. Ich weiß, dass er es »Universe« ruft. Einige Männer bewegen sich drohend auf den Pastor zu, als hätten die Hunde sie aufgestachelt. Ich bin direkt über ihm und kann ihn entnervt seufzen hören.

»So hat das doch keinen Zweck, Leute!« Er richtet sich in den Steigbügeln auf und stützt die Hände auf den Sattelknauf. »Die Hunde haben seine Fährte verloren und werden sie inmitten des vielen Wassers auch nicht mehr finden. Warum glaubt ihr eigentlich, dass er diesen Weg eingeschlagen hat? Falls es ihn überhaupt gibt! Wenn ihr nüchtern geblieben wärt, wüsstet ihr besser, ob ihr wirklich einen Schotten gesehen habt oder nicht. Wenn ihr jetzt in der Dunkelheit betrunken durchs Moor lauft, werden einige von euch ertrinken, bevor die Nacht vorüber ist. Geht lieber heim und betet um mehr Verstand.« Plötzlich lässt er die Reitpeitsche auf seine behandschuhte Hand niedersausen. »Junker Garth, kehren Sie um, dann werden die anderen Ihnen folgen.«

Eine Windböe zerzaust John Becker das Haar, während er sich wieder hinsetzt. Vater rückt sich in seinem Sattel zurecht, dann wendet er abrupt sein Pferd, reitet mitten durch die erschrocken zurückweichende Menge davon und ruft über die Schulter: »Wir schnappen uns den Burschen morgen! Wir werden es eurem besserwisserischen Pastor schon zeigen!«

Die Menge zerstreut sich allmählich.

Ich warte, bis niemand mehr auf der Straße ist außer dem Pastor auf seinem Pferd. Dann klettere ich die Felsen hinunter. John sieht mich entsetzt an.

»Du warst auch dabei, Beatrice? Das hätte ich nicht erwartet.«

»Ich war nicht beim Suchtrupp.«

Er mustert mich genauer. »Du bist ja völlig durchnässt. Was ist passiert?«

Ich würde ihm am liebsten die ganze Geschichte erzählen, aber das ist zu riskant. Er blickt mich neugierig an. Nach einer Weile streckt er mir die Hand entgegen. »Steig auf. Ich bringe dich nach Hause.«

Ich stelle mich so dicht neben ihn, dass ich die Wärme seines Pferdes und seines Beines spüre. »Nein danke, John. Ich habe noch etwas zu erledigen.«

Er sitzt ab. »Beatrice, ich wage gar nicht darüber nachzudenken, was du wohl vorhast.« Er berührt mein tropfendes Haar. »Dann lass uns wenigstens die Mäntel tauschen.« Er zieht mir meinen durchweichten Umhang von den Schultern und legt mir seinen um. Der Stoff riecht nach ihm und fühlt sich über der klatschnassen, roten Seide warm und trocken an. Seit ich meine schönen, neuen Sachen angezogen habe, scheint eine Ewigkeit vergangen zu sein.

»Ich danke dir.« Ich wende mich zum Gehen, bevor

ich in Versuchung geraten kann, aufzugeben und mit ihm heimzureiten. Ich überquere die Barrowbeck Road und klettere die steile Böschung zum Wald hinauf. Als ich mich umsehe, hat John Becker die Kreuzung erreicht. Er hält sein Pferd an und blickt zuerst die am Moor entlangführende Mistholme Road hinauf und hinunter, dann die Straße von Barrowbeck nach Hagditch, die am Barrow Wood verläuft, als würde er nach jemandem Ausschau halten.

Während ich auf der Suche nach einem Pfad durch das Farnkraut am Waldrand stapfe, reitet er an die Straßenböschung heran und ruft mir zu: »Sei vorsichtig, Beatrice!«

»Ja.« Ich werfe einen Blick zu ihm hinunter, dann tauche ich in die Dunkelheit ein.

Bei Nacht ist der Wald gefährlicher als tagsüber. Aus Angst vor den Fallen der Jäger im Unterholz bleibe ich auf den Wegen und Pfaden. Ich taste mich langsam vorwärts und versuche, möglichst leise zu sein. Ich weiß, dass ich das gut kann, bin aber trotzdem froh, als der Mond wieder hinter den Wolken hervorkommt und es mir leichter macht. Ich bin mir nicht einmal sicher, dass Robert in die Hütte zurückgekehrt ist, aber wenn nicht, ist er vermutlich irgendwo in ihrer Nähe, weil er will, dass ich ihn finde.

Von hier aus ist es viel weiter zur Hütte. Streckenweise ist es stockfinster um mich herum. Als ich stehen bleibe, um mich zu orientieren, wird mir plötzlich bewusst, dass ich ein Geräusch gehört habe, das ich nicht einordnen kann, eine Art leises Schnarren. Ich stehe ganz still und lausche. Wahrscheinlich hätten die meisten Leute es gar nicht gehört; es war kaum wahrnehmbar und weit weg. Aber der Zwang zur Wachsamkeit hat in den letzten Monaten meine Sinne geschärft. Meine Ohren sind besser denn je. Aus dem Unterholz um mich herum dringen nur die mir inzwischen vertrauten nächtlichen Geräusche des Waldes. Ich bewege mich. Da ist es wieder. Ich höre es, sobald ich mich bewege. Es ist hinter mir.

Ich raffe meine Röcke zusammen. Könnte es sein, dass ich selbst das Geräusch verursache, wenn ich Brombeerranken streife? Nein, meine hochgezogenen Röcke machen kein Geräusch. Nun höre ich es erneut. Das ist weder der Wind in den Zweigen noch das entfernte Gurgeln des Wildbachs. Es kommt näher, zielstrebig wie ein Tier. Eine Gänsehaut überläuft mich, als mir klar wird, was es ist. Es ist Luft, die durch ein nasses Maul strömt, das Schnüffeln einer feuchten Schnauze im Laub auf dem Boden. Es ist das Geräusch eines Hundes, der eine Fährte verfolgt.

Ich will schreiend davonrennen, doch stattdessen bleibe ich mucksmäuschenstill stehen und lausche. Ich kralle die Hände um einen Ast, um nicht so zu zittern. Der Hund ist noch ziemlich weit hinter mir. Er schleicht sich ganz vorsichtig an die Beute heran, auf deren Fährte er gesetzt wurde, weil er sie nicht aufschrecken will, bevor er nahe genug ist, um sie anzufallen. In seiner feinen Nase hat er den Geruch von Roberts Weste, die ich an meinem Körper vom Turm bis zur Hütte trug. Diesmal täusche ich mich nicht! Einer von Master Spearings Spürhunden pirscht sich an mich heran!

Ich unterdrücke meine Angst und den Drang, um mein Leben zu rennen, und überlege mir fieberhaft, welche Möglichkeiten ich habe. Ich kann dem Hund nicht davonrennen. Er ist schneller als ich. Ich darf auch nicht weiter auf die Hütte zulaufen, sonst würde ich ihn womöglich zu Robert führen. Wenn ich es schaffe, den Bach zu erreichen, bevor er mich sieht, könnte ich bachabwärts waten. Im Wasser würde er meine Fährte verlieren. Er würde nicht wissen, ob ich den Bach hinauf oder hinunter gewatet bin, und selbst wenn er sich für die richtige Richtung entscheiden sollte, würde er lange brauchen, um herauszufinden, wo ich wieder ans Ufer geklettert bin.

Ich schleiche nach links und verlasse den Pfad, trotz der Fallen, die im Unterholz lauern könnten. Kleine Zweige knacken unter meinen Füßen. Ich bleibe stehen. Der Hund ist auch stehen geblieben. Bestimmt lauscht er jetzt mit gespitzten Ohren in den Wald. Ich bewege mich vorsichtig weiter und kralle auf Baumwurzeln und Felsbrocken die Zehen zusammen, um nur ja kein Geräusch zu machen. Zwischen den Baumstämmen vor mir hängt Nebel, ich kann Wasser hören und riechen. Als das Plätschern des Baches die Geräusche meines Verfolgers übertönt, laufe ich schneller und hoffe inständig, dass es auch meine eigenen Geräusche übertönt. Plötzlich fällt das Gelände steil ab, und ich stürze beinahe in die kleine Schlucht im Wald, durch die der Bach fließt. Gott sei Dank! Ich bücke mich, um auf Händen und Füßen rückwärts die Böschung hinunterzuklettern. In diesem Augenblick stürmt der Hund aus der Dunkelheit auf mich zu.

Sein Gesicht ist riesig. Seine Lefzen sind über die Zähne zurückgezogen, Speichel tropft von ihnen herab. Er hebt den Kopf und heult laut auf. Aus der Ferne antworten andere Hunde. Dann geht er auf mich los, mit gefletschten Zähnen, zitternden Lefzen und gesträubtem Nackenfell. Ich weiche zurück und rutsche ein Stück die Böschung hinunter. Er setzt mir nach und schnappt nach meinem Gesicht. Jetzt erkenne ich den Hund: Es ist Master Spearings alte Joly. Sie fällt über mich her, erwischt meinen Ärmel mit ihren Reißzähnen und zerfetzt ihn. Ich schreie: »Joly! Aus! Aus! Sei brav! Du kennst mich doch!« Sie zögert. Mondlicht dringt durch die Bäume und ich sehe ein Stück roter Seide zwischen ihren Zähnen hängen. Ich frage mich, wo Master Spearing ist. Ich rapple mich hoch und schwanke auf dem steilen Hang. Ich darf nicht wegrutschen, sonst würde Joly mir folgen und mich in Stücke reißen. Wir stehen uns gegenüber und wissen beide nicht, was wir tun sollen. Da bewegt sich etwas oben auf dem Pfad und ich höre das aufgeregte Hecheln weiterer Hunde.

»Halt das verrückte Vieh fest, Mädchen!« Das ist Master Spearing. »Gut gemacht, Kleine. Halt es fest!«

»Master Spearing!«, schreie ich heiser. »Bitte rufen Sie Ihren Hund zurück!«

Kurz danach taucht er auf, den Mund vor Erstaunen aufgerissen. Im ersten Augenblick ist er sprachlos, dann packt er Joly am Genick und zerrt sie weg. »Blöder Köter, das ist doch Fräulein Garth. Mein Gott! Entschuldigen Sie vielmals, gnädiges Fräulein. Joly wird langsam alt.« Er streckt mir die Hand entgegen. Ich lasse mich von ihm die Böschung hinaufziehen. Plötzlich zittere ich am ganzen Körper und bringe kein Wort mehr heraus. »Das mit dem Hund tut mir wirklich sehr Leid, Fräulein Garth. Waren Sie beim Suchtrupp? Laufen Sie mit Absicht auf einem Umweg nach Hause?«

Ich nicke und schaffe es, ein paar Worte zu stammeln: »Ja, Master Spearing ... wegen der Eulen, wissen Sie ... Ich ... beobachte Eulen ...« Nun plappere ich drauflos. »Mein Lehrer, Pastor Becker ... Er gibt uns Aufgaben, Themen, mit denen wir uns beschäftigen sollen ... und diesen Monat sind es Eulen ...«

Master Spearing schaut mich verdutzt an, dann schüttelt er den Kopf. »Eulen? Nein, so was! Warum will er euch jungen Damen etwas über Eulen beibringen? Als ob man die kochen könnte ...«

Ich lehne Master Spearings Angebot, mich heimzubringen, höflich ab. Er warnt mich noch vor gemeingefährlichen Schotten, die sich im Wald herumtreiben, bevor er geht. Ich warte sicherheitshalber eine Weile. Dann versuche ich, aus dieser Richtung die Hütte zu finden. Schließlich erkenne ich ihre bucklige, von Brombeeren umrankte Silhouette als Unregelmäßigkeit im Muster des Waldes. Ich schleiche von Baum zu Baum. Der Mond ist wieder hinter einer Wolke verschwunden, aber ich kann sehen, dass die Tür offen steht. Ich schlängle mich zu ihr vor und spähe hinein. Zwei rote Augen blicken mich an.

Mir sträuben sich alle Härchen im Nacken, denn im ersten Augenblick denke ich, dass Joly mir gefolgt ist. Dann erkenne ich, dass es ein Fuchs ist, der sich in der Hütte eingenistet hat und Roberts Vorräte vertilgt, besser gesagt, eine junge Füchsin, deren rostbraunes Fell noch flaumig ist. Ich rufe sie leise. Sie steht reglos da, mit dem letzten Rest Brot und Käse im Maul, aus dem Speichelfäden auf den Boden tropfen. Ich trete zurück, um sie hinauszulassen, aber sie wartet ihrerseits darauf, dass ich verschwinde. Robert ist offensichtlich nicht in der Hütte. Ich will mich gerade zurückziehen, als jemand mich von hinten packt, mir mit der anderen Hand den Mund zuhält und meinen Kopf an sich zieht. Ich kann mich weder bewegen noch sprechen.

Ich wehre mich und versuche zu schreien. Die Füchsin streicht an mir vorbei ins Freie. Dann flüstert Roberts Stimme: »Sch, sch! Ist ja gut. Tut mir Leid, Beatrice, tut mir Leid.« Er lässt mich los und ich falle beinahe in die Hütte.

»Mein Gott, Robert, konntest du dich nicht anders bemerkbar machen?« Ich lasse mich auf die Knie sinken. In der Hütte riecht es streng nach Fuchs.

Er kniet sich neben mich, das Gesicht zur Tür, einen Dolch in der Hand. Leise sagt er: »Die Hirschjäger sind in der Nähe. Bleib ruhig. Vielleicht haben sie uns noch nicht gehört. Ich wollte nicht riskieren, dass du drauflosredest, wenn du mich siehst. Du hast dich wirklich sehr leise herangeschlichen. Diese Füchsin hat mehr Lärm gemacht als du. Was ist mit deinen Kleidern passiert? Geht es dir gut?«

Ich nicke. Jetzt ist mir tatsächlich viel wohler. »Auf dem Rückweg haben die Hunde mich aufgespürt. Sie hatten nicht nur deinen, sondern auch meinen Geruch in der Nase, aber es ist noch einmal gut gegangen.«

»Heilige Mutter Gottes! Bist du sicher, dass dir nichts fehlt?«

Ich breche in Tränen aus und umarme ihn. »Und wie geht es dir?« Jetzt merke ich, dass er ebenfalls völlig durchnässt ist und vor Kälte und Schwäche zittert. Dann fällt mir wieder ein, wie es zu all dem gekommen ist. Schlagartig packt mich wieder die Wut. »Wie konntest du bloß so dumm sein, Robert? Nur wegen ein paar Ästen für Pfeile! Dieser Fuchs hat wirklich mehr Verstand als du!«

Er hält mich ein Stück von sich weg und wirft das Messer. Es bleibt zitternd im Boden stecken. »Ich brauchte Pfeile, Liebste, und ich musste meine Waffen holen. Dich konnte ich nicht darum bitten.« Immer noch auf dem Boden kniend, zieht er meinen nassen Körper an seinen und drückt sein Gesicht in meinen Nacken. Meine Tränen tropfen in sein Haar. »Dann gehst du jetzt also?«

»Ich muss. Wo finde ich Cedric? Ich muss ihn bitten, mich über die Bucht zu bringen. Ich wünschte, mein Arm wäre kräftig genug zum Rudern, dann könnte ich bei Flut ein Boot nehmen. Aber er ist noch zu schwach. Er würde mich im Stich lassen. Ich muss die Sandbänke überqueren und dann durch die Berge laufen, es sei denn, die Mönche überlassen mir ein schnelles Pferd, mit dem ich mein Glück versuchen kann.«

»Die Mönche sind sehr arm. Wahrscheinlich haben sie gar keine Pferde. Außerdem bist du zu Fuß sicherer. Du kannst dich besser verstecken und in kleinen Etappen durch die Berge wandern. Ich werde Cedric Bescheid sagen. Du musst dich über Nacht ausruhen. Sieh dich doch an.« Ich hebe seinen Arm hoch. Er zittert.

Robert zieht ihn weg und sagt: »Beatrice, geh mit mir weg.«

Sein Vorschlag überrascht mich nicht, denn er hängt schon seit Wochen unausgesprochen zwischen uns in der Luft. Trotzdem stockt mir das Herz, als er ihn ausspricht. Ich blicke ihm ins Gesicht. Selbst in der Dunkelheit ist es jetzt wieder das Gesicht am Fenster. Ich schüttle den Kopf. »Das geht nicht.«

»Schottland ist schön, Beatrice. Es sind schon viele englische Mädchen über die Grenze gegangen. Du musst doch inzwischen wissen, was ich für dich empfinde.« Als ich nicht antworte, fügt er hinzu: »Wir verstehen uns wahrhaftig recht gut, oder? Sag mir ehrlich, was du empfindest.« Er fasst an den Armen.

Ich mache mich los und stehe auf. »Robert, ich kann meine Familie nicht verlassen. Sie braucht mich. Ich muss hier bleiben und meinen Vetter Hugh heiraten.«

»Ach ja, den lieben, kleinen Hughie, den du gar nicht liebst.« Robert steht ebenfalls auf. »Beatrice, du hast nichts als Probleme mit deiner Familie. Du würdest meine Familie mögen – meine Mutter, meinen Vater und meine Brüder. Ich wohne in einem Wehrturm wie ihr. Bitte, überleg es dir ...«

Ich schüttle den Kopf. »Es geht nicht, Robert. Bitte, das musst du doch einsehen. Ich könnte nie meine Leute verraten und zum Feind überlaufen.«

Er umarmt mich und küsst mich auf die Stirn. »Dann gehe ich eben nicht weg. Ich werde bleiben, bis du deine Meinung änderst.«

»Robert, um Himmels willen, rede keinen Unsinn! Sie suchen dich.«

»Ich werde bis zur Ernte bleiben. Du kannst mich hier besuchen oder auch nicht, ganz wie du willst. Ich bin inzwischen durchaus in der Lage, selbst für mich zu sorgen. Ich werde wieder zu Kräften kommen und dann werde ich gehen, zur Erntezeit. Denk darüber nach, Beatrice. Überleg dir, ob du mitkommen willst. Sollen sie mich doch suchen. Ich weiß mir schon zu helfen.« Er zieht seine nassen Sachen aus.

»Wo hast du dich vor den Häschern versteckt?«, frage ich ihn.

»Im Wasser bei den Weiden, zwischen den Wurzeln am hinteren Ufer. Ich habe nur die Nase herausgestreckt. Du bist beinahe auf mich getreten.«

Ich starre ihn an. »Du lieber Himmel! Deshalb war also Wasser auf dem Pfad.«

»Ich sah dich hineinfallen. Ich dachte schon, ich müsste dich retten, aber du hast mir keine Gelegenheit dazu gegeben.«

»Warum hast du dich nicht gerührt, sondern mich im Ungewissen gelassen?«

»Wenn ich etwas gesagt hätte, hätte ich uns beide in Gefahr gebracht. Ich hätte aus dem Wasser kommen müssen. Du hättest mich in der Dunkelheit nie gesehen. Wir hätten Geräusche und Wellen verursacht. Die Hunde waren zu nahe, um das zu riskieren. Es war das Beste für dich, so weit wie möglich von mir wegzukommen.« Er kramt die alten Sachen von Vater, die ihm zu klein waren, aus einer Ecke hervor und zieht sie über seinen feuchten Körper. Dann reicht er mir seine nasse Kleidung. »Beatrice. Bea. Wie nennt dich Hughie?«

»Beatie.«

»Also dann Bea. Würdest du diese Sachen bitte mitnehmen und auf den Strand legen? Ich werde ein Pferd stehlen und es am Moor laufen lassen. So oder so werden sie glauben, dass ich weg bin.«

Ich sehe ihn im Dunkeln an. Über uns schreit eine Eule. In der Ferne heulen Füchse. Robert ist wie ein Fuchs – ein Räuber und ein schönes, kluges Geschöpf. Ich rolle die nassen Sachen zusammen. »Du bleibst hier versteckt, Robert. Ich besorge das Pferd. Wir haben ein junges, kaum eingerittenes Stutfohlen, das sicher gerne frei herumspringen würde.« Ich lege das nasse Bündel weg und nehme sein Gesicht zwischen die Hände. »Wenn du unbedingt hier bleiben willst, kann ich dich nicht daran hindern. Ich gebe zu, dass ich mich darüber freue, aber du wärst sicherer, wenn du gehen würdest, auch wenn du noch etwas schwach bist. Cedric sammelt immer Muscheln auf den Sandbänken, sobald die Ebbe eingesetzt hat. Wenn ich dich morgen nicht mehr hier vorfinde, weiß ich, dass du Vernunft angenommen hast und gegangen bist.« Ich küsse ihn auf die Wange, hülle mich in meinen Umhang und gehe. Lebewohl sagen kann ich nicht.

Sechzehntes Kapitel

Ich komme erst im Morgengrauen heim, als die Wipfel der Bäume auf dem Beacon Hill sich bereits wie ein dunkler Spitzensaum am Horizont abzeichnen. Roberts Sachen habe ich am Strand zurückgelassen. Jetzt ist keine gute Zeit, um ein Pferd zu stehlen. Die Schafe blöken schon auf ihren Weiden unten an der Küste; Möwen schreien über der Bucht und die Eulen sind verstummt. Anstatt das Gehegetor mit dem großen, klirrenden Riegel zu öffnen, klettere ich am hinteren Ende des Geheges über die Mauer, als die Wache oben auf der Plattform gerade nach hinten verschwindet. Dann öffne ich schnell von innen das Tor und führe Rosalind, unser wildes neues Stutfohlen, an der Mähne hinaus. Sie windet sich und versucht mich zu treten und zu beißen. Ich werde froh sein, wenn ich sie los bin. Mit der freien Hand drücke ich das Tor zu, verriegle es aber nicht, denn ich weiß, dass keines der anderen Pferde davonlaufen wird. Dann führe ich Rosalind ein Stück das Tal hinunter, bevor ich mich auf ihren Rücken schwinge und unbeholfen im Herrensitz auf die Hügel zureite – wie die Männer es schaffen, die ganze Zeit so zu reiten, ist mir ein Rätsel.

Es ist Tag, als ich erschöpft nach Hause schleiche. Die Leute, denen ich unterwegs begegne, denken, dass ich früh aufgestanden bin, und ich bemühe mich nach Kräften, ausgeruht und arbeitseifrig zu erscheinen. Ich habe John Beckers Umhang eng um mich geschlungen, damit niemand sieht, dass ich noch die Sachen von gestern anhabe. Als ich endlich in meiner Kammer bin, reiße ich mir die rote Seide vom Leib, die inzwischen getrocknet ist und vor Schmutz starrt. Dann schlafe ich ein, kaum dass ich ins Bett geklettert bin. So bekomme ich nicht mit, was an diesem Morgen geschieht.

Im Halbschlaf nehme ich undeutlich ein Geschrei wahr und vermute, dass irgendwer bemerkt hat, dass Rosalind, das neue Stutfohlen, verschwunden ist, aber ich bin zu müde, um richtig wach zu werden. Als ich schließlich aufwache, steht die Sonne schon ziemlich hoch am Himmel. Niemand ist gekommen, um mich zu wecken. Sie müssen gedacht haben, ich schiebe irgendwo Wache oder erledige andere Aufgaben. Ich ziehe ein locker hängendes Leinenkleid an und darüber ein schlicht gewebtes Leibchen. Dann gehe ich hinunter.

Unterwegs überlege ich mir, was ich Robert sagen soll, wenn er inzwischen nicht Vernunft angenommen und verschwunden ist. Ich denke darüber nach, wie leicht es ist, ein Pferd zu stehlen, und nehme mir vor, etwas dagegen zu unternehmen. Vor einer Schießscharte bleibe ich stehen und genieße den Geruch von feuchter Erde nach einem frühmorgendlichen Regen. Zuversicht steigt in mir auf. Robert hat die Nacht und die Jagd auf ihn überlebt. Ich stütze mich mit den Ellbogen auf den breiten Sims vor der schmalen Schießscharte und blicke hinaus. Mehrere Männer laufen ins Tal. Bodennebel liegt auf den Wiesen, und so sieht es so aus, als würden sie die Erde nicht berühren. Vater marschiert allen voraus. Ich verspüre einen ersten Anflug von Unbehagen.

Die Küche ist leer. Nun habe ich das starke Gefühl, dass etwas nicht stimmt. Ich renne die Treppe wieder hinauf, um Verity zu suchen, und kann Kate bereits weinen hören, bevor ich Veritys Kammer erreiche.

Meine Schwester liegt auf dem Steinboden. Ihr Gesicht ist blutig und ihr einer Arm sieht verrenkt aus. Kate versucht ihr auf die Beine zu helfen. Mutter sitzt auf der Bank an der Wand und starrt ins Leere.

»Oh, mein Gott! Was . . . ?«

Kate blickt mich über die Schulter an und sagt: »Dein Vater.«

»Was? Warum?« Ich laufe zu Verity und versuche zusammen mit Kate, ihr hochzuhelfen. Der Kopf meiner Schwester rollt zur Seite und sie starrt mich nur groß an. Ich begreife, dass sie noch völlig benommen ist, und wende mich an Mutter: »Hast du nach dem Arzt geschickt?« Ich fühle mich selbst ganz benommen. Ich kann mir nicht vorstellen, was der Grund für diesen Vorfall war. Der abwesende Blick meiner Mutter richtet sich langsam auf mich. Ich vermute, dass sie noch tiefer schockiert ist als ich und es nicht schafft, ihre Fassung wiederzufinden, obwohl das überhaupt nicht zu ihr passt. Ich stehe auf. »Mutter, würdest du bitte einen Reiter aussenden, der den Arzt holt«, sage ich laut und mit fester Stimme. »Ich bringe Verity inzwischen ins Bett.«

»Ich habe nach Cedric geschickt«, murmelt Mutter.

»Sie redet wirres Zeug.« Kate beginnt wieder zu weinen. »Die gnädige Frau ist völlig durcheinander. Sie war nirgendwo und hat nach niemandem geschickt. Sie hat nur dagesessen.«

Ich sehe Mutter an, die für einen Moment wieder in Gedanken versunken ist. Ein Schauder läuft mir über den Rücken. Ich sage zu Kate: »Nein ... ich glaube, sie hat tatsächlich nach jemandem geschickt.«

Wir bringen Verity ins Bett. Die Bewegung scheint sie wieder zu sich zu bringen. Plötzlich ist sie sehr aufgeregt. Sie packt mich am Arm und sieht zu mir auf. Ihr Mund ist geschwollen, und ein Zahn hat sich durch ihre Lippe gebohrt. Unter dieser Stelle sickert ein Tropfen Blut auf die gespannte, lilarote Haut. Mit heiserer Stimme stößt sie hervor: »Beatrice, rette James! Warne ihn! Sie werden ihn umbringen!«

Eine kalte Brise weht herein und lässt mich frösteln. »Wo ist er?«, flüstere ich.

»Auf Wache, auf dem Pike. Das weiß sonst niemand, weil wir unsere Schichten getauscht haben, aber sie werden Jagd auf ihn machen. Sag ihm, er soll sich ins Pfarrhaus flüchten. Dort ist er sicher.«

Ich nicke. »Ja, das will ich tun. Aber Verity, warum um alles in der Welt hat Vater . . . ?«

Kate sagt grimmig zu mir: »Sie und der gnädige Herr haben sich über den jungen Herrn James gestritten. Sie hat sich ihm offen widersetzt.« Sie deutet mit dem Kinn in Veritys Richtung. »Dein Vater sagte, sie würde nicht mehr imstande sein, irgendwen zu heiraten, wenn er mit ihr fertig sei.«

Ich schaue meine Schwester an, verblüfft, dass ihr so viel an James zu liegen scheint. Verity fasst sich stöhnend an die Lippe. Das Sprechen fällt ihr schwer. »Bitte beeil dich, Beatie! Du möchtest wissen, warum ich James heiraten will? Um aus dieser Hölle herauszukommen. Um die schreckliche Vorstellung, Gerald heiraten zu müssen, endlich loszuwerden. Um als Herrin des Low-Back-Hofs alles auf meine eigene Art machen zu können, Beatie, um auf meinem eigenen Land eine Familie zu gründen.« Sie lehnt sich zurück gegen die Kissen, zuckt vor Schmerz zusammen und versucht zu lächeln. »Doch daraus wird nichts, wenn du James nicht von hier wegschickst, bis Vater sich beruhigt hat.«

Kate geht kopfschüttelnd zu Mutter hinüber, um sich mir ihr zu beraten. Ich lege den Arm um Verity.

»Aber hier hast du doch uns, Verity. Und du machst ja auch hier alles auf deine Art.«

Ihre Unterlippe zittert. Plötzlich klingt ihre Stimme wie früher, als wir noch Kinder waren. »Wann bist du schon zu Hause, Beatie?«, fragt sie. »Seit Hugh angefangen hat, vom Heiraten zu reden, bist du nie da. Es freut mich ja für dich, dass du seine Gesellschaft so spannend findest, aber ich musste inzwischen hier alleine klarkommen und mit mir selbst reden. Da kann ich ebenso gut auf meinem eigenen Land mit mir selbst reden.«

Es geht gar nicht um Hugh, möchte ich am liebsten sagen. Die Worte liegen mir auf der Zunge, wollen heraus. Als würde Verity das spüren, fragt sie mich stirnrunzelnd: »Ist es wirklich so? Ist es so wunderbar mit Hugh, dass du für deine Familie keine Zeit mehr hast?«

Ich zögere und fahre mir mit der Zunge über die Lippen, die sich plötzlich ganz trocken anfühlen. Anstatt ihr zu antworten, stelle ich ihr leise die gleiche Frage – ich will es tatsächlich wissen: »Ist es wirklich so wunderbar mit James, Verity?«

Trotz der blauen Flecken und des Bluts in ihrem Gesicht sehe ich, wie ihre blassen Wangen sich röten. Sie antwortet mir nicht, weil Mutter plötzlich zu uns herüberkommt, ebenfalls einen Arm um Verity legt und sagt: »Wir sollten sie waschen. Hol bitte heißes Wasser und Tücher, Kate.« Sie nickt mir zu. »Nimm meine Stute, um James zu suchen, Beatie. Sie kann besser auf den Pike klettern als deine Hilda. Und nimm auch ein Pferd für ihn mit. Unser schnelles neues Stutfohlen wurde letzte Nacht gestohlen. Sie glauben, dass der Schotte auf ihm verschwunden ist. Darum nimm am besten Meadowsweet für James mit.«

Ich laufe hinaus und die Treppe nach unten, an Kate vorbei. Sie murmelt einen Segensspruch, weil es Unglück bringen soll, einander auf der Treppe zu begegnen, und sagt finster: »Ich finde, der gnädige Herr hatte Recht.« Dann stapft sie weiter die Treppe hinauf. Ich raffe meine Röcke hoch und renne zum Torhaus.

Ich habe in meinen sechzehn Lebensjahren schon viel rohe Gewalt gesehen, gegen Menschen ebenso wie gegen Tiere. Das ist unvermeidlich, wenn regelmäßig Jagden, Bärenhatzen, Hahnen- oder Hundekämpfe und Schlachtfeste stattfinden, von Auseinandersetzungen zwischen Nachbarn und Angriffen der Schotten ganz zu schweigen. Nach einer Hinrichtung auf dem Scheiterhaufen oder durch den Strang liegt noch lange der Geruch von Todesangst, von Rauch und Blut und Hysterie in der Luft. Gewalt gehört zum Leben. Vielleicht ist es ein Zeichen meiner Schwäche, dass ich sie verabscheue und fürchte.

Manchmal frage ich mich, wie ihr wohl seid, ihr Leserinnen und Leser meiner Geschichte, meine unsichtbaren Freunde, die ihr in einer anderen Zeit und an einem anderen Ort lebt. Verabscheut ihr Gewalt oder habt ihr euch an sie gewöhnt? Schaut ihr euch Hinrichtungen und Bärenhatzen an oder bleibt ihr zu Hause?

George und Martinus sind zu Hause geblieben. Ich sehe sie von der Plattform herab zum Tal deuten, während ich auf das Gehege zulaufe. Ich entscheide mich schließlich doch gegen die Pferde. Es dauert zu lange, sie zu satteln. Außerdem würden wir zu Pferd mehr auffallen. Ich renne ins Tal, nicht dem Suchtrupp hinterher, sondern auf den Pike zu. Soweit ich aus dieser Entfernung sehen kann, sind die Männer größtenteils zu Fuß unterwegs. Ich nehme einen wenig benutzten Pfad. Er führt zwischen dem Geröllhang, über den die Schotten gekommen sind, und dem ausgetretenen Pfad, den wir gewöhnlich benutzen, wenn wir Wachdienst auf dem Pike haben, steil nach oben und kommt hinter dem Beobachtungsposten heraus. Als ich oben bin, weiß ich sofort, dass etwas Schlimmes passiert ist, denn James ist nirgendwo zu sehen. Ich laufe umher und rufe nach ihm. Er nimmt den Wachdienst sehr ernst, deshalb kann ich mir nicht vorstellen, dass er ihn vergessen hat. Ich renne über die Kuppe zu der in Richtung Meer vorspringenden Felsnase über dem Geröllhang. Von diesem hohen Aussichtspunkt kann ich fast das ganze Tal vom Mere Point bis zu den Gehöften vor dem Dorf Barrowbeck überblicken. Auf der Anhöhe jenseits des Tals steht unser Turm. Das erste Bauernhaus nordöstlich davon ist das von James.

Schreckliches ahnend klettere ich auf die unteren Äste einer riesigen Eibe, die über den Geröllhang hinausragt, und recke den Hals. Der Bodennebel löst sich nun in Wölkchen auf, die in den hohen Grasbüscheln über den Kuhfladen hängen. In der Ferne sehe ich kleine Gestalten und erkenne Vater, William, Jonah und zwei neue Knechte, die seit Ende März bei uns sind. Sie verlassen gerade James' Haus. Ich frage mich, ob er sich vielleicht bereits dort versteckt hat. Kurz darauf wird meine Vorahnung zur furchtbaren Gewissheit. William, der um das Haus herumgelaufen ist, erscheint wieder und zerrt James an den Haaren hinter sich her.

Dann sehe ich weitere Gestalten im Tal auftauchen, die sich in der Nähe von James' Haus versammeln. Vater gibt heftig gestikulierend Anweisungen. Die Männer rammen mit einem Hammer einen Pfahl in den Boden und holen Reisig aus dem Nebengebäude.

Ich klettere schnell vom Baum herunter und renne über die Kuppe des Pike. Dann wird mir klar, dass es zu lange dauert, wenn ich den Pfad nehme. Wenn Robert den Geröllhang hinunterlaufen konnte, kann ich es auch. Ich kämpfe mich durchs Gebüsch, bis ich vor dem Abgrund stehe, setze die Füße auf das Geröll und stolpere los.

Es ist beängstigend, aber nicht so beängstigend wie

die Szene dort unten. Während die Steine unter mir wegrutschen, verliere ich den Halt, falle seitwärts und poltere auf Schulter und Hüfte den Hang hinab. Ich schürfe mir den Ellbogen auf und von oben prasseln Steine auf mich nieder. Von unten sind schrille Schreie zu hören, die eine Erinnerung in mir wachrufen. Als ich klein war, hörte ich sie manchmal abends, wenn ich schon im Bett lag, vom Low-Back-Hof das Tal heraufhallen. Bevor ich das Ende des Hangs erreiche, kann ich den Rauch riechen.

Siebzehntes Kapitel

Als ich unten ankomme, sind meine Strümpfe zerrissen, mein loses Überkleid ist bis an die Schultern hochgerutscht. Außerdem habe ich unterwegs meine Schuhe verloren. Doch wäre ich nicht mit solcher Geschwindigkeit eingetroffen, hätte die Menge mich vielleicht gar nicht bemerkt, denn das Geschehen nimmt sie voll in Anspruch. Wie schnell sich herumgesprochen hat, was los ist! Vierzig oder mehr Leute stehen inzwischen um den Pfahl herum, an dem der fast völlig entblößte James angebunden ist. Er wehrt sich heftig und stößt ein tiefes, wütendes Knurren aus, während er mit den Seilen kämpft. Sein Gesicht ist zu einer grässlichen Grimasse verzerrt, aber sein Mund wirkt trotz der gebleckten Zähne weich und zu nass, um zu brennen.

»Hört auf!«, schreie ich. »Seid ihr wahnsinnig? Er ist doch kein Ketzer!«

Vater kommt zu mir herüber und legt den Arm um mich. Diese Hand hat Verity brutal geschlagen und versucht nun, James zu verbrennen, denke ich. In diesem Augenblick empfinde ich nichts als Abscheu vor ihm und begreife, dass sich für mich einige Dinge schlagartig auf immer verändert haben. Einige Dinge, die – ja, was? Die es mir leichter machen, zu gehen? Ich schiebe den Gedanken beiseite. Jetzt ist keine Zeit dafür, keine Zeit für die Art von Schwächegefühlen, die Robert in meinem Kopf und meinen Gliedern auslöst.

Vater sagt: »Na, na, Beatrice. Was ist denn mit dir los? Beruhige dich. Dieser Kerl hat sich seinem Lehnsherrn widersetzt. Das ist Verrat!«

»Was?«, frage ich ungläubig. »Das ist doch Unsinn, Vater. Du bist nicht sein Lehnsherr. Er ist ein freier Mann mit eigenem Land. Ich glaube, du bist verrückt geworden. Und selbst wenn es Verrat wäre! Dafür verbrennt man nur Frauen. Männer nicht. Männer werden gehängt, das weiß jeder. Hör auf! Bitte, hör auf!«

Vater schnalzt verärgert mit der Zunge. »Gesetze sind Auslegungssache, Beatrice. Du bist eine gehorsame Tochter, und wenn du ihn lieber hängen sehen würdest, hätte ich normalerweise nichts dagegen, aber in diesem Fall bin ich für eine sofortige Vollstreckung der Strafe. Und jetzt keine Widerrede mehr!«

Das Reisig um James' Füße hat noch nicht richtig Feuer gefangen. Funken springen wie winzige Insekten auf den grünen Zweigen hin und her. Ich lasse Vater stehen, kämpfe mich durch die Menge zum Scheiterhaufen vor und zerre das Reisig beiseite. Im ersten Augenblick erstarrt und verstummt die Menge vor Erstaunen. Dann bewegt sie sich raunend auf mich zu. Ich beginne die Knoten der Seile um James' Taille zu lösen. Nun vernehme ich hinter mir ein seltsames Geräusch, das ich noch nie gehört habe, eine Art lauter werdendes Schnauben. Ich drehe mich halb um und erkenne, im vielleicht schrecklichsten Augenblick meines Lebens, dass es das Geräusch der Menge ist, die mit Macht auf mich eindringt.

Arme greifen nach mir. Ich bin zu erschrocken, um Widerstand zu leisten. Nun zerren kräftige Hände mich unsanft hin und her. »Die hat er auch verhext!«, kreischt jemand. »Bindet sie fest! Bindet sie fest!« Ich wende den Kopf nach hinten, um zu sehen, wer da schreit. Es ist Tilly Turner, deren Haus ich wieder aufbauen half.

»Hiii! Hiii!« Sie scheint völlig wahnsinnig geworden zu sein und ihr Wahnsinn steckt die anderen an. Hass spricht aus den aufgerissenen Mündern und zusammengekniffenen Augen. Ganz kurz blitzt ein Funken Wahrheit für mich auf: dass dieser Hass etwas mit Armut zu tun hat. Dann boxt Vater sich durch die aufgebrachte Menge.

»Jetzt reicht's!«, brüllt er. Er schubst die Leute beiseite, packt mich am Arm und schüttelt mich. »Mach, dass du heimkommst, Mädchen!«, sagt er laut. Die Menge tritt zurück und tuschelt. Ich kann nicht sagen, ob er betrunken ist, aber plötzlich hat er einen Blick, den ich von früher kenne: Damals saß ich als kleines Kind vor einem anderen Feuer auf seinen Knien, bevor das Bier Macht über ihn gewann und ihn zu dem machte, der er jetzt ist.

Ich zittere. Die blauen Flecken und Schürfwunden, die ich mir auf dem Geröllhang zugezogen habe, schmerzen, und ich habe neue Kratzer und gezerrte Muskeln, weil die Leute so rüde mit mir umgesprungen sind. Ich schüttle Vater ab und sage: »Erst werde ich James losbinden, Vater.« James wirft sich hin und her und versucht, sich selbst zu befreien. Vorsichtig stakse ich durch das Reisig zum Pfahl zurück und versuche erneut, die Knoten zu lösen.

»Schluss mit dem Unsinn!«, ruft jemand.

»Ja, wir vergeuden unsere Zeit.«

»Jetzt zünden wir das Feuer wieder an!«

Aber ich höre auch Proteste. Es sind also nicht alle für diese Hinrichtung. Ich rufe über die Schulter: »Ich brauche Hilfe. Kann jemand kommen und mir helfen?« Plötzlich ist Leos Frau, Sanctity Wilson, die im neunten Monat schwanger ist, neben mir und nestelt an den Knoten der Seile herum, mit denen James' Hände auf dem Rücken gefesselt sind.

»Diese Bande ist nichts als Dreck unter unseren Fingernägeln«, sagt sie zu mir und grinst. Da wir beide nach den ganzen Arbeiten beim Wiederaufbau der Häuser kaum noch Fingernägel haben, verstehe ich ihre seltsame Bemerkung als eine leicht spöttische Sympathiebekundung, als eine Art, mir zu sagen: Du magst die hochnäsige Beatrice vom Turm sein, aber in dieser Sache bist du für mich eine von uns.

James presst sich gegen den Pfahl, um es uns leichter zu machen, die Seile aufzuknoten. Ich sage zu ihm: »Gleich haben wir's. Einen Augenblick noch.« Ich spüre die heißen Zweige an meinen Knöcheln und begreife plötzlich, was es bedeutet, bei lebendigem Leib zu verbrennen: Das Fleisch brät und das Blut kocht. Meine Fingernägel drohen einzureißen, als ich immer hektischer versuche, die komplizierten Knoten aufzubekommen. Ich habe Angst, das Feuer könnte von selbst wieder aufflammen, an meinen Röcken hochlodern und mich verschlingen. Ein Knoten ist jetzt gelöst. Ich ziehe ein Stück Seil heraus, aber plötzlich packt Vater mich bei den Schultern und zerrt mich weg.

»Du bist eine ungehorsame Tochter, Beatrice!«, schreit er und holt mit der Hand zum Schlag aus.

Ich ducke und bemühe mich, das Gleichgewicht zu bewahren. »Und Sie, Sir, sind ein Straßenräuber«, stammle ich. Seine Hand bleibt, wo sie ist. Wir blicken einander in die Augen. Ich nicke leicht mit dem Kopf. Ich fühle mich auf einmal anders, irgendwie befreit, erwachsener vielleicht, als wäre ich endlich ich selbst.

»Würdest du wirklich deinen Vater verraten?«, fragt er ungläubig.

Ich weiß es nicht, und mir bleibt eine Antwort erpart, denn nun entsteht ein Tumult am Rande der Menge.

Martinus und George sind auf einmal da und schieben die Leute angewidert beiseite. Im selben Augenblick kommt Pastor Beckers Pferd aus dem Wald hinter dem Turm herangeprescht.

John springt von seinem Pferd, bevor es zum Stehen kommt, und Universe läuft, von seiner eigenen Geschwindigkeit angetrieben, noch ein Stück weiter. Zu meinem Erstaunen sehe ich, dass unser Pastor eine lange Peitsche in der Hand hält. Ohne ein Wort drischt er mit ihr auf die Menge ein. Sein Anblick ist Furcht erregender als alles, was ich bisher gesehen habe, die Schotten eingeschlossen.

Die Bauern weichen schreiend zurück. Er fährt fort, bis die Menge sich im weiteren Umkreis verteilt hat. Vater stampft wie ein Verrückter auf und ab und schüttelt drohend die erhobene Faust. Dann gibt er auf und sieht nur noch verwirrt aus. Johns Gesicht glänzt vor Schweiß, als er schließlich aufhört und die Peitsche fallen lässt, sodass sie sich zu seinen Füßen zusammenrollt. Er blickt um sich und sagt: »Freunde, jetzt habe ich die Geduld mit euch verloren.«

Nun, darauf wären wir wohl selbst gekommen.

Nach einer Weile, während der wir alle gespannt abwarten, was er als Nächstes tun wird, fügt er hinzu: »Was ist bloß los mit euch? Wirklich, was ist los mit euch allen? Predige ich Sonntag für Sonntag vergeblich?« Dann sagt er zu Tilly Turner: »Binden Sie James los.«

James bemüht sich, dabei zu helfen, aber seine Hände zittern so sehr, dass er nicht viel ausrichtet. Er sieht aus, als wäre er einer Ohnmacht nahe. Ich helfe Tilly, ihn loszubinden, doch wir vermeiden es, einander anzusehen. John Becker fängt James auf, als er zwischen die spitzen Äste stolpert. »Stützen Sie sich auf mich, James«, sagt er. »Ich glaube, Sie beide – Sie und Verity – kommen besser erst einmal zu mir und lassen sich dort von Cedric verarzten.« Er pfeift und Universe trottet durch die sich auflösende Menge auf ihn zu.

Noch am selben Nachmittag bringen Mutter und ich Verity und James mit der kleinen, zweirädrigen Kutsche, vor die ich Hilda gespannt habe, zum Pfarrhaus von Wraithwaite. Die beiden sehen sehr mitgenommen aus und prallen immer wieder schmerzhaft gegeneinander, während der kleine Einspänner die holprigen Wege entlangschlingert. Veritys Gesicht ist fleckig und geschwollen. Ihre Lippen haben die Farbe von Roten Beten und beide Augen sind blau unterlaufen. Cedric hat ihre ausgekugelte Schulter wieder eingerenkt und verbunden. Sie steht noch unter Schock, bekommt immer wieder Weinkrämpfe und kann ohne Hilfe kaum stehen. James ist in dumpfes Schweigen verfallen. Ich kann mich erinnern, dass ich ihn als Kind oft so gesehen habe. Er erlaubt niemandem, seine Wunden zu versorgen. John hat ihm ein Bett in der kleinen Kammer hinter dem Küchenkamin hergerichtet, weil die ein Schloss an der Tür hat. Er glaubt, dass das Schloss

James ein Gefühl zusätzlicher Sicherheit gibt, das er jetzt braucht. Mutter bleibt bei Verity in dem schmucklosen, holzgetäfelten Gästezimmer im oberen Stock. Als ich gehe, nimmt John meine Hände und sagt: »Wir müssen miteinander reden.« Vor Schreck schnürt sich mir die Kehle zu, doch dann sage ich mir, dass er nichts von Robert wissen kann. Ich nicke. Ja, denke ich mit plötzlicher Erleichterung, wenn all das vorüber ist, können wir uns zusammensetzen und reden. Es wird wieder so schön sein wie früher im Unterrichtsraum, als wir über alles diskutieren konnten und kein Problem unlösbar war.

Die heißen letzten Julitage verstreichen, es wird August, doch Verity kommt nicht heim. Ich vermisse sie. Ich habe das Gefühl, sie verloren zu haben und selbst daran schuld zu sein. Als sie noch da war, wusste ich sie nicht genügend zu schätzen. Ich habe mich nur noch um Robert gekümmert und sie sträflich vernachlässigt.

Um diesen Fehler wieder gutzumachen, verbringe ich von nun an mehr Zeit im Pfarrhaus von Wraithwaite als bei Robert. John Becker spricht mit Verity und James über ihre Zukunft und versucht herauszufinden, ob Verity James nur aus Vernunftgründen oder auch aus Liebe heiraten will. Vater lässt er nicht über die Türschwelle. John hat Mutter Bain als Haushälterin angestellt und auch Cedric ist oft bei ihm. Er scheint sich mit Magie zu umgeben.

Vater ist nur noch übel gelaunt. Manchmal treibt

er sich nächtelang herum, vermutlich auf weiter entfernten Landstraßen, und obwohl uns bei diesem Gedanken graut, sind wir froh, wenn er weg ist. Denn wenn er zu Hause ist, macht er uns ständig Vorwürfe. George und Martinus hat er ohne Bezahlung entlassen, weil er sich von ihnen verraten fühlte. Mir hält er vor, ich hätte ihn vor den Bauern lächerlich gemacht. Und Mutter wirft er vor, sie hätte seine Autorität untergraben, indem sie an dem Tag, an dem er James verbrennen lassen wollte, nach Wraithwaite ritt, um den Pastor zu holen – was sie tatsächlich getan hat. Sie straft ihn umgekehrt mit Verachtung.

Seit es so schwül ist, ist auch Robert oft unleidlich. Dieser englische Sommer ist zu heiß für ihn. Er langweilt sich und leidet merklich darunter, dass ich mich in letzter Zeit selten blicken lasse. Er sieht nun so anziehend aus und zugleich so fremd, dass unsere Bekanntschaft mir gefährlicher und verwerflicher vorkommt denn je. Seine volle Kraft kehrt allmählich zurück, und wenn ich ihn jetzt betrachte, ahne ich, wie nahe er damals dem Tod war. Wir liegen am Bach und reden. Inzwischen fühle ich mich ihm näher als meiner Familie, die eigentlich gar keine Familie mehr ist. Doch je mehr wir füreinander empfinden, desto mehr fürchte ich den Augenblick, in dem eine Trennung unerträglich wird. Wir berühren uns immer öfter, küssen uns bei jeder Gelegenheit auf Wange, Haar oder Stirn und entwickeln beide eine Scheu vor dem Körper des anderen, die ich nicht empfunden habe, als ich ihn pflegte.

Mitte August, zur Erntezeit, kommt der Aufruf der Lords aus dem englischen Grenzgebiet: Alle kampftauglichen Männer sollen sich auf den geplanten Rachefeldzug gegen Schottland vorbereiten. Ich glaube, wir alle hatten gehofft, der Plan würde in Vergessenheit geraten. In den letzten Wochen, beim Mähen der Wiesen in der schwülen Hitze, beim Einbringen des Heus und der Winteraussaat, hat niemand mehr davon gesprochen. Alle waren zu sehr mit den praktischen Dingen des Lebens beschäftigt, um daran zu denken, dass sie vielleicht schon bald dem Tod ins Auge blicken würden.

Mutter stellt Tilly Turner als Milchmagd ein. Sie hat sich geschworen, sie zur Vernunft zu bringen, selbst wenn es für sie beide die Hölle wird. Wir alle sind oft zu hitzig und zu ungeduldig. Kate und Germaine hocken abends stundenlang tratschend auf der Küchenbank, trinken Bier und schwitzen nach einem heißen Tag in der Hitze des verlöschenden Herdfeuers. Nach dem Aufruf, Vorbereitungen für den Marsch nach Schottland zu treffen, wird der Ton ihrer Gespräche ernster. Obwohl Germaine gute Miene zum bösen Spiel macht und sagt, was von ihr erwartet wird – dass sie hofft, unsere Männer würden die Schotten windelweich schlagen, und ähnliche Sprüche –, spüre ich ihre innere Unruhe, ihre Angst, dass Gerald nicht zurückkommen könnte.

Eines schwülheißen Tages, an dem es nach einem Gewitter aussieht, schlage ich wieder den üblichen Weg zur Hütte ein. Die Pfade sind nach so viel Sonne und Regen fast zugewachsen. Es wird immer mühsamer, sich durch diese Wildnis zu kämpfen. Hier im einsamen Herzen des Barrow Wood reifen Brombeeren und Haselnüsse im Überfluss. Bald werden Leute hierher kommen und sich durchs Unterholz schlagen, um Vorräte für den Winter zu sammeln. Für Robert wird es endgültig Zeit zu gehen.

Als ich zur Hütte komme, ist er nicht da. Da er oft nach den Fallen sieht, die er im Wald aufgestellt hat, setze ich mich hin und warte. Dennoch frage ich mich wie immer, ob er nicht diesmal für immer verschwunden ist. Bei dem Gedanken, dass er eines Tages weg sein wird, überkommt mich Verzweiflung.

Es ist so heiß, dass mir die Kleider am Rücken kleben. Ich lockere mein Mieder und laufe zum Bach, von wo aus man die Hütte nicht mehr sehen kann. Ich lege mich auf das kühle Moos und die feuchten Steine und schließe die Augen.

»Beatrice!«

Ich war wohl eingedöst. Im ersten Augenblick bin ich erleichtert, doch als ich die Augen öffne, wird mir ganz kalt vor Schreck.

»John ...«

John Becker tritt zwischen den Bäumen hervor. Er ist angezogen wie ein Bauer. Sein loses, leichtes Leinenhemd ist am Hals offen. Ich bin sprachlos.

»Ich freue mich, dich zu sehen, Beatrice. Ich hätte nicht erwartet, in diesem Teil des Waldes irgendwem zu begegnen.«

»Ich ...«

»Hast du nur einen Spaziergang gemacht?«

»Ja ...«

»Ich habe festgestellt, dass ein Waldspaziergang mir hilft, klarer zu denken. Geht es dir auch so?«

»Ja, ich ...«

Ich höre Zweige rascheln. Mein Magen krampft sich vor Angst zusammen, und ich überlege fieberhaft, wie ich Robert zu verstehen geben kann, dass er wegbleiben und still sein soll, als plötzlich eine weibliche Gestalt wie eine Waldfee aus dem Gebüsch auftaucht. »Wir sind hergekommen, um nachzusehen, ob die Haselnüsse schon reif sind«, sagt Germaine, deren schönes Gesicht vor Hitze gerötet ist. »Nicht wahr, junges Fräulein?«

Ich nicke. Mir ist ganz schwach. Ich setze mich auf einen umgestürzten Baumstamm.

»Es sieht nach einer guten Ernte aus.« John betrachtet die Haselnussbäume, von deren Zweigen die Nüsse mit den zipfeligen Fruchthüllen in dicken Büscheln herabhängen. Er greift nach oben und betastet ein paar der Büschel. »Ich glaube, die sind noch nicht ganz reif.«

Germaine begutachtet sie mit kritischem Blick. »Nein, Sir, Sie haben Recht. Ich würde sagen, wir müssen später wiederkommen.«

Er lächelt uns an. »Es freut mich, dass wir uns getroffen haben.«

Germaine verabschiedet ihn höflich mit einem Knicks. Im Weggehen wirft John mir noch einen freundlichen Blick zu. Wir können ihn noch eine ganze Weile durch den Wald davonstapfen hören. Ich finde es wunderbar, dass er so laut ist, dass er es nicht nötig hat, leise zu sein und herumzuschleichen.

»Er hat Sie gemeint. Er hat sich gefreut, dass er Sie getroffen hat.«

Germaine lehnt sich gegen einen Baumstamm und sieht mich an. »Den könnten Sie haben, wenn Sie wollten.«

Ich weiß nicht, ob ich lachen oder weinen soll. »Germaine, um Himmels willen . . .«

»Genau.« Sie lacht.

Ich stehe auf, merke jedoch sofort, dass mir vor Angst immer noch die Knie schlottern, und lasse mich wieder auf den Baumstamm fallen.

»Beatrice, meine Liebe.« Germaine kommt zu mir herüber und küsst mich auf die Wange. »Ich gehe jetzt und störe Sie nicht länger. Das hätte ich Ihnen nicht zugetraut. Die junge Dame hat sich von einem Schotten den Kopf verdrehen lassen. Für so viel romantische Torheit kann ich Ihnen vieles nachsehen.« Sie dreht sich um, schwingt ihre Röcke elegant an den Dornbüschen vorbei und spaziert lachend durch den Wald davon.

Achtzehntes Kapitel

Der Wind frischt auf, die schwüle Luft kühlt sich ab und lange Schatten umgeben die Hütte, als Robert zurückkehrt. Ich sitze auf einem Felsen, mit den Füßen im Bach, und esse ein Stück trockenes Brot vom Vortag. Ich sehe ihn auf der anderen Seite des Baches den Hang herunterkommen. Er ist barfuß. Zwei Kaninchen hängen an seiner Hand. Er klettert die steile Böschung hinunter und watet durch das Wasser auf mich zu. Auf glitschigen Steinen krallt er die Zehen zusammen. Er bleibt vor mir stehen, berührt mein Haar mit der freien Hand und sagt: »Ich lege die nur kurz in den Fliegenschrank.«

Ich denke an all die kleinen Fallen draußen im Wald, in die die Unvorsichtigen geraten: Kaninchen und Vögel, die die unsichtbare Schlinge nicht sehen, bis die Falle zuschnappt und es zu spät ist. Wie leicht man gefangen werden kann.

Robert hat aus Weiden einen stabilen Käfig geflochten und ihn hinter der Hütte in den Schatten gehängt, um Essensvorräte darin aufzubewahren. Er könnte hier leben, denke ich. Er könnte für immer hier bleiben, wenn das Risiko, von mehr Leuten entdeckt zu werden als von Germaine, nicht immer größer würde. Ich überlege mir, wie ich ihr gegenübertreten soll, wie ich sie bitten soll, mein Geheimnis zu bewahren. Ich möchte gar nicht darüber nachdenken, was sie gesehen und gehört hat, während sie uns nachspionierte.

Ich stehe auf und folge Robert hinter die Hütte. Er verscheucht Fliegen, die außen auf dem dicht geflochtenen Weidenkäfig sitzen, bevor er die Kaninchen hineinlegt. Als er mich über die Schulter ansieht, habe ich das Gefühl, dass er weiß, was ich sagen will.

»Robert, es ist Zeit zu gehen. Es waren Leute hier, der Pastor und eine Angestellte vom Turm. Hier ist es nicht mehr sicher. Ende des Monats sind die Gezeiten günstig für eine Überquerung der Bucht.«

Er verstaut schweigend die Kaninchen, dann sagt er: »Ja, vermutlich hast du Recht.«

»Ich werde dich im Schutze der Dunkelheit zum Ufer hinunterschmuggeln, aber es ist zu gefährlich, die Sandbänke bei Nacht zu überqueren. Du kannst dich bis zum Morgengrauen in einer Höhle verstecken, dann kann Cedric dich hinüberbringen.«

»Beatrice ...«

Ich lege ihm die Hand auf den Mund. »Still.«

Er hält meine Hand fest, wo sie ist, dann nimmt er sie weg, ohne sie loszulassen. »Ich könnte hier leben, weißt du. Bisher ging es doch auch, oder?«

Ich sehe ihn an. Wir erraten immer öfter die Gedanken des anderen. Ich presse seine Hand an meinen Mund, dann lasse ich sie los. »Sie würden dich erwischen. Du kannst nicht ewig den Stummen spielen.«

Wir laufen zum Bach zurück und trinken abwechselnd Holunderblütensaft aus einer Flasche, die ich mitgebracht habe. Er sagt: »Vermutlich bist du mir inzwischen einfach sehr vertraut, Beatrice. Das ist alles. Es ist Unsinn, dass ich nicht ohne dich auskommen kann. Natürlich kann ich das, verdammt noch mal.« Er kniet sich an den Bach und schöpft sich ein paar Hände voll Wasser ins Gesicht und übers Haar. Ich wünschte, ich könnte ihm von dem geplanten Feldzug unserer Leute nach Schottland erzählen, ihm erklären, dass er vor allem deshalb so bald wie möglich aufbrechen muss. Im Turm wird über fast nichts anderes mehr geredet. Tante Juniper macht die Vorstellung, dass Hugh und Gerald in den Kampf ziehen sollen, ganz krank vor Angst. Sie wollte sofort zum Protest gegen den Erlass der nordenglischen Lords aufrufen, bis Richter Chantry sie warnte, dass Widerstand dieser Art als Landfriedensbruch betrachtet würde, insbesondere da die Königin ihre stillschweigende Zustimmung zu dem Feldzug gegeben haben soll.

Vater soll den Marsch nach Norden anführen, auch wenn die Leute befürchten, dass er es nicht schafft, länger als bis zum Ende des Tals aufrecht im Sattel zu sitzen. Aber vielleicht genügt seine Alkoholfahne, um die Mauern schottischer Burgen zum Einsturz zu bringen. Alle möglichen Gedanken schwirren mir im Kopf herum, während Robert und ich zuschauen, wie die Sonne blutrot hinter dem Wald versinkt. Ihre Strahlen leuchten durch das Moos auf der Nordseite der Baumstämme und durch die Härchen auf Roberts Armen. Zwischen Robert und mir herrscht eine Art Endzeitstimmung und das macht uns kühn. Ich frage Robert: »Bist du böse auf mich?«

»Ja.« Er wendet mir den Kopf zu und sieht mich an, dann beugt er sich herüber und küsst mich sanft auf den Mund. Meine Glieder werden schlaff, ich möchte nachgeben, es einfach geschehen lassen. Robert scheint das zu spüren. Er lässt seine Lippen über meinen Hals gleiten und presst sie auf die Stelle, wo mein Mieder immer noch aufgeschnürt ist. Ich bin hin und her gerissen. Das haben wir noch nie getan. So weit sind wir noch nie gegangen. Ich weiß, dass es um diese Jahreszeit in der freien Natur von Pärchen mit hochgezogenen Röcken und heruntergelassenen Hosen wimmelt, aber für Robert und mich war unsere bloße Bekanntschaft bisher schon anstößig genug. Er hebt den Kopf und sieht mich an. Ich halte sein Gesicht auf Abstand. Das ist nicht gut! Er muss fort und dies würde es nur noch schlimmer machen. »Wir müssen damit aufhören«, sage ich.

»Nein, müssen wir nicht.« Er küsst mich erneut, ich falle dabei ins Farnkraut und stoße mit dem Kopf an einen Felsen. Er sagt: »Entschuldige, das wollte ich nicht, Beatrice. Bea – bitte, komm mit! Ich meine es ernst, du musst mitkommen. Wir sind keine Wilden. Schottland ist so schön. Du willst Hugh nicht heiraten, oder? Das hast du selbst gesagt. Und deine Familie ist eine einzige Katastrophe. Was hält dich denn hier?«

Ich rolle mich von ihm weg. Das zerdrückte Farnkraut verströmt einen herben Geruch. »Du bist ein Feind, Robert«, sage ich. »Was wäre, wenn deine Leute wieder hier einfallen oder meine bei euch?«

Er holt mich wieder zu sich heran, stützt sich auf die Hände und beugt sich über mich. Wasser tropft aus seinem Haar auf mein Gesicht. Er sagt: »Ich glaube, ich habe mich bereits am ersten Tag in dich verliebt, als ich dich auf dem Pike Wache halten sah. Du hast uns gehört, nicht wahr? Dabei waren wir ein gutes Stück von dir entfernt zwischen den Bäumen oben am Hang versteckt und verhielten uns ganz leise. Als du an diesem Tag mit deinem Messer und grimmiger Miene am Waldrand entlangmarschiert bist, wagten wir uns kaum zu bewegen, Beatrice.«

»Ihr wart also wirklich da! Mein Gott, was hättet ihr denn gemacht, wenn ich euch entdeckt hätte, Robert? Mich umgebracht?«

Einen Augenblick lang herrscht Entsetzen zwischen uns, ein beklommenes Schweigen entsteht, dann werfe ich ihm die Arme um den Hals und ziehe ihn an mich.

Ich bleibe, bis die Sonne untergegangen ist, liege in Roberts Armen, streichle ihm übers Haar und berühre die gezackte, rote Narbe, die seinen verheilten Arm entstellt. Wir küssen uns und halten uns umschlungen, ohne viel zu reden, bis die Fledermäuse aus ihren hohen Felsspalten herauskommen und über unseren Köpfen umherflattern. Danach mache ich mich auf den Heimweg. In der Dunkelheit bin ich nur ein Schatten mehr unter Füchsen und Dachsen.

Am frühen Morgen gehe ich zum Strand, um den Muschelmann zu suchen. Kaninchen und Schafe grasen unterhalb der Klippen. Sie springen davon, als ich den steinigen Pfad hinabsteige und auf den Strand hinauslaufe, über Pfützen hinweg, die die Flut zurückgelassen hat. Ich sehe Cedric draußen auf den Sandbänken. Er steckt Seegrasbüschel in die zerfurchte Oberfläche des Sands, um den sicheren Weg über die Bucht zu markieren. Unterbrechungen in der Linie bedeuten, dass der Treibsand sich weiterbewegt und das Seegras verschlungen hat, so wie er auch jeden Menschen verschlingen würde, der sich dorthin wagt.

Das Blöken der Schafe wird leiser, während ich an Cedrics Fußspuren im Sand entlanglaufe. Ich blicke zurück und sehe die Kaninchen, die ich vorhin beim Fressen gestört habe, wieder auf Nahrungssuche unter den Klippen herumhoppeln. Könnte ich all dies verlassen? Zum ersten Mal ziehe ich die Möglichkeit ernsthaft in Erwägung.

Cedric hat Berge von Muscheln aus dem Sand gescharrt. Die nassen Muscheln und das glänzende Leder auf seinem Rücken reflektieren das Sonnenlicht. Er richtet sich von seiner Arbeit auf, stemmt die Hände in die Hüften und streckt sich. »Beatrice, bist du gekommen, um meine Schülerin zu werden?«

Ich verziehe das Gesicht. »Tut mir Leid, Cedric. Ich glaube, ich bin noch nicht reif für Maden.«

Er lacht. »Das kommt schon noch. Ich setze große Hoffnungen in dich. Wie geht's deinem Schotten?«

»Viel besser, danke. Er ist bereit zum Aufbruch.«

»Gut. In drei Tagen fallen die Gezeiten günstig.« Er blickt über die Bucht. »Schade, dass er nicht heute am Sonntag gehen kann, denn da haben die Frommen wahrscheinlich höhere Dinge im Kopf.«

»Ich dachte, ich bringe ihn am besten nachts die Klippen hinunter und verstecke ihn in einer Höhle, bis es hell genug ist, um ihn hinüberzubringen. Können wir ihm ein Pferd beschaffen?«

»Ich besorge ihm eins drüben in Cartmel. Die Sandbänke überquert er besser zu Fuß. Es würde Verdacht erregen, wenn ein Pferd fehlt.«

Nun beginnt Cedric, seine Netze auszulegen und sie festzuknoten. Jedes der Hanfnetze hat lose Seile an allen vier Ecken. Die befestigt er paarweise an schwarzen Holzpfählen, die tief in den Sand gerammt sind. Die Flut spült Fische in die Netze, wenn sie sich zurückzieht, sind sie gefangen. Den Fischen geht es wie mir.

Cedric hört auf zu knoten und sieht mich an. »Es ist schwer für dich, nicht wahr?«

»Ja.«

»Kehr jetzt lieber um. Die Flut kommt.«

»Ja.«

Eine Brise raut den Sand auf und ich habe plötzlich den Geschmack von Salz auf der Zunge. Wir besprechen noch die Einzelheiten von Roberts Flucht, dann laufe ich zurück, während der Muschelmann seine letzten Netze festbindet. Die nahende Flut wird ihn nicht einholen. Dazu kennt er die Bucht und ihre Gezeiten zu gut. Ich steige den Pfad zu den Klippen hinauf, und als ich von oben noch einmal zurückschaue, sehe ich am Ende der Bucht Wasser glitzern und eine kleine Gestalt mit einem Sack voller Muscheln auf dem Rücken landeinwärts laufen. Vor mir im Wald wechseln die Ebereschen und Schwarzdornsträucher bereits ihre Farbe und der Farn hat rotbraune Ränder.

Ich muss mit Germaine reden. Sie könnte den ganzen Plan gefährden. Sie und Kate verbringen gerade viel Zeit mit Vorbereitungen für ein Fest zu Ehren der Männer, die nach Schottland marschieren werden. Eine unbedachte Bemerkung Germaines bei einem Schwätzchen mit Kate könnte Roberts Todesurteil bedeuten. Später an diesem Morgen, als ich nach dem Gottesdienst in der Kirche von Wraithwaite mit Germaine zu der Tränke auf der Dorfwiese laufe, an der unsere Pferde angebunden sind, schaue ich sie an und sage: »Er geht. Bitte sagen Sie nichts. Er wird bald weg sein.«

»Tatsächlich?«

»Bitte sagen Sie ... haben Sie vor, uns zu verraten, Germaine?«

Sie setzt ihren zierlichen Fuß in den Steigbügel, zieht sich auf den Rücken ihres Ponys hoch, legt ihr rechtes Knie um das Lederhorn des Damensattels und ordnet in aller Ruhe ihre Röcke. »Beatrice, ich weiß nicht, was Sie vorhaben, und ich will es auch nicht wissen. Ich wäre nicht traurig, wenn Sie nach Schottland durchbrennen würden. Es sollen ja schon einige über die Grenze gegangen sein. Sie sind mir zu hochnäsig. Aber keine Sorge, ich werde es niemandem erzählen. Ihnen rate ich: Wenn Ihre Romanze mit dem Schotten vorbei ist, nehmen Sie lieber den Pastor.« Sie deutet mit dem Kinn zum sonnenbeschienenen Portal der Kirche hinüber, wo John und Vater sich zu streiten scheinen. »Er ist genauso eingebildet und selbstgerecht. Ihr würdet gut zueinander passen. Wie viel älter ist er? Zehn Jahre? Das ist doch nicht viel.« Sie schnalzt mit der Zunge, klopft ihrem Pony mit einer Zügelschlaufe auf den Hals und fügt hinzu: »Ich wünsche Ihnen Glück, Beatrice. Ich werde Ihnen nicht schaden, aber bitten Sie mich nicht, Ihnen zu helfen.«

Ich schaue ihr nach, dann setze ich mich auf den Rand des Steintrogs, weil ich sehe, dass Verity und James, die die Kirche früher verlassen haben als wir, um Vater nicht über den Weg zu laufen, wieder aus dem Pfarrhaus kommen und lachend auf mich zuspazieren. Sie scheinen sich gut zu verstehen.

Ich winke und sie winken zurück. Vor der Kirche spricht John inzwischen mit Master Spearing. Er blickt in meine Richtung und lächelt. Ich erinnere mich an die Gesichter der Leute, die James verbrennen wollten. Bin ich hochnäsig? Bin ich womöglich so unbeliebt bei den Leuten hier, dass es besser für mich wäre, anderswo ein neues Leben zu beginnen? Ich nicke und lächle ein paar Nachbarn aus dem Tal zu, die sich auf den langen Fußmarsch nach Hause machen. Hoffentlich wirke ich dabei nicht herablassend oder gönnerhaft. Vielleicht muss ich noch einmal mit Germaine reden, obwohl ihre Bemerkungen über John einfach lächerlich sind. Irgendwie muss sie gemerkt haben, dass ich früher für ihn schwärmte, als ich noch nicht wusste, dass jemand wie Robert einen alle Vernunft und Moral vergessen lassen kann.

Die Sonne verschwindet hinter einer Wolke und ein kalter Wind kündigt den Herbst an. Ich fühle mich unsicher und wechselhaft wie das Wetter. Ich will die Ereignisse ja wahrheitsgetreu schildern und uns allen ehrlich gerecht werden, doch heute habe ich das Gefühl, nicht einmal mich selbst gut genug zu kennen, als dass ich etwas über andere sagen könnte. Ich ziehe Hilda zu mir heran und lege die Wange an ihr großes, warmes Gesicht.

Neunzehntes Kapitel

Im Tal wimmelt es in letzter Zeit von Fremden. Männer aus der ganzen Umgebung sammeln sich für den Feldzug nach Schottland. Ein langer Tisch und Bänke stehen draußen vor dem Torhaus und Kate bewirtet die Neuankömmlinge mit Brot, Käse und Bier. In weniger als einer Woche werden alle nach Newcastle aufbrechen, und heute in vierzehn Tagen werden Männer aus allen nördlichen Grafschaften von Newcastle aus losmarschieren, um alte Rechnungen zu begleichen.

Vater versucht nüchtern zu bleiben. Er sieht grau und krank aus. Überall herrscht große Nervosität. Immer wieder brechen Leute unvermittelt in Tränen aus. Der Hass auf die Schotten wächst. Robert muss jetzt schleunigst verschwinden.

Am Tag des Abschiedsfestes laufe ich im ersten Morgengrauen zur Hütte, um Robert daran zu erinnern, dass ich ihn ungefähr um Mitternacht, wenn alle zu betrunken sind, um etwas zu merken, die Klippen hinunterbringen werde. Allerdings braucht er wahrscheinlich keine Erinnerung, da wir im Augenblick an nichts anderes denken. Er ist nicht da. Ich werde wütend auf ihn und traurig. Was meint er denn, wie viel Zeit wir noch haben, dass er ohne mich einen Ausflug in den Wald macht? Ich warte eine Weile, dann verstaue ich das Essen, das ich mitgebracht habe, und kehre zum Turm zurück. Es würde sicher auffallen, wenn ich bei den hektischen Vorbereitungen für das Fest fehlte.

Kate und etliche Frauen aus dem Tal sind schon seit zwei Tagen mit der Zubereitung des Essens beschäftigt. Der lange Tisch im Wohnsaal wurde zur Seite gerückt und der von draußen die Osttreppe hinaufgeschleppt und daneben gestellt. Ein weiterer, kleinerer Tisch wurde aus dem Gemeinschaftsraum der Frauen geholt und quer vor die Schmalseiten der beiden anderen geschoben. An diesem Tisch, am Kopf der Tafel, wird die Gastgeberfamilie sitzen. Ab mittags treffen draußen Leute ein und am späten Nachmittag öffnen wir das Tor und lassen sie herein.

Trotz der Wärme brennen Feuer in den beiden gegenüberliegenden Kaminen des Wohnsaals. Bauern und Dorfbewohner setzen sich Ellbogen an Ellbogen, Knie an Knie und Rücken an Rücken auf die Bänke an den langen Tischen. Die Leute in der Nähe der Kamine schwitzen in ihr Bier, kaum dass sie Platz genommen haben. Verity und James treffen zusammen mit John Becker ein. Kurz darauf kommen Tante und Onkel Juniper mit Hugh und Gerald. Um sechs Uhr begleite ich den Rest der Familie über die Osttreppe in den Wohnsaal. Wir haben zu Ehren der Kämpfer unsere besten Sachen angezogen. Ich trage ein wattiertes, rotbraunes Kleid über meiner roten Seidenbluse, die Germaine wieder heil gezaubert hat. Sie hat das zerrissene, verdreckte Ding verblüfft angestarrt und etwas von Leuten gemurmelt, die es wirklich verstehen, sich zu vergnügen.

Die geballte Hitze der Kaminfeuer und der versammelten Menschenmenge schlägt uns entgegen, als wir zu den geschnitzten Eichenstühlen am Familientisch gehen. Vater sitzt zu meiner Linken und John Becker zu meiner Rechten. Hugh hat links von meinen Eltern Platz genommen und scheint nicht mit mir reden zu wollen. Zwischen John und Vater herrscht ebenfalls eisiges Schweigen. Es wird ein langer Abend werden. Ich stelle fest, dass es mich nicht kümmert, was um mich herum los ist. Die Spannungen, die in der Luft liegen, lassen mich ebenso kalt wie das ganze Fest. Um Mitternacht werde ich Robert sehen – zum letzten Mal.

Nachdem alle gebetet haben, dass die Männer wohlbehalten zurückkehren mögen, ruft Vater: »Langt zu! Lasst es euch schmecken!« Kate und Tilly Turner servieren an unserem Tisch; alle anderen bedienen sich selbst von den großen Holzplatten, auf denen sich Hammelfleisch, Rindfleisch, Fisch, Meeresfrüchte, in Butter gedünstete Rüben, Bohnen in Zimthonig und große Stücke Brot türmen. Die Hitze ist kaum auszuhalten. Ich lockere meinen Kragen, Vater wischt sich ständig mit seiner Serviette über die Stirn. Ein paar Leute sind bereits ohnmächtig geworden. Es scheint auf eine makabre Art zu diesem Abschiedsfest zu passen, dass Leute hinausgetragen werden müssen: Weil ihnen schwach wurde vor Hitze und vor Angst, dass manche aus dieser Runde vom Schlachtfeld nach Hause getragen werden müssen.

»Genießt lieber die Hitze, solange ihr es noch könnt«, sagt Kate finster, während sie sich über Vaters Schulter beugt, um ihm Pfirsichsoße zu servieren. »Dort, wo ihr hingeht, könnte es kälter sein.«

Mein Tischnachbar John reicht mir immer wieder leckere Häppchen und ich ihm ebenfalls. Es wird noch so weit kommen, dass wir uns mit fetttriefenden Fingern gegenseitig füttern. Allmählich entspanne ich mich ein wenig und lache sogar. Nach Germaines blöden Bemerkungen über John ist es ein komisches Gefühl, so dicht neben ihm zu sitzen, aber er denkt sich offensichtlich nichts dabei. Ich lehne mich zurück und lasse meinen Blick durch den großen Raum schweifen. Überall fachsimpeln kräftige junge Männer mit strahlend rosigen Gesichtern über ihre Waffen. Einige zeigen stolz ihre Schwerter und Streitäxte, die sie leider mitgebracht haben. Paare, die bald für Monate getrennt sein werden, sehen einander in die Augen.

Ich beobachte Germaine, die herumläuft und die

Fackeln an den Wänden entzündet, weil es draußen schon zu dämmern beginnt. Ihr Gesicht ist verquollen. Sie hat geweint. Kate zündet die Kerzen auf den Tischen an. Die brennenden Lichter steigern die Hitze noch. Es ist sehr laut im Saal. Die Leute reden und lachen, trinken viel Bier, Met und Wein und verlieren allmählich ihre Hemmungen. Als Germaine fertig ist, kommt sie an unseren Tisch und setzt sich neben Gerald. Vater erhebt sich schwankend und stiert sie an. Dann zieht er sie hoch und auf seinen Stuhl hinüber. Mutter, die rechts neben Vater saß, steht auf, geht durch den Wohnsaal, wirft allen, an denen sie vorbeikommt, ein liebenswürdiges Lächeln zu und quetscht sich schließlich neben den Muschelmann auf die Bank.

Ich beuge mich vor und blicke an Mutters leerem Stuhl vorbei zum Ende des Tisches, wo Verity, zwischen Hugh und James platziert, sich systematisch durch einen Berg Meeresfrüchte futtert. Sie spuckt ein Stück Schale aus ihrem rosaroten Schmollmund, deutet mit dem Kopf zu Cedric hinüber und fährt sich mit dem Zeigefinger über den Hals. Ich grinse. Plötzlich ist die Distanz der letzten Wochen weg, ich fühle mich ihr wieder so nahe wie früher. James flüstert ihr etwas ins Ohr und sie lacht. In letzter Zeit strahlt er eine neue Selbstsicherheit aus. Ich frage mich, ob Verity einen so gefügigen Ehemann bekommt, wie sie glaubt, falls sie ihn tatsächlich heiratet. Ich wende mich an John. An einem der langen Tische haben Leute laut zu singen begonnen, deshalb muss ich ihm ins Ohr schreien, damit er mich versteht. »Verity scheint James gut zu tun. Meinst du, er wird auch gut für sie sein?«

John zögert einen Augenblick. Er legt das Stück Brot, das er gerade in Pfirsichsoße getunkt hat, auf seinen Teller, anstatt es sich in den Mund zu schieben, und sagt in einer Pause zwischen zwei Liedern: »Ehrlich gesagt bin ich mir nicht sicher. Die Zeiten ändern sich. Veritys Einstellung ist ... wie soll ich sagen ... sie entspricht dem Geist der Zeit. In England ist gerade eine spannende Entwicklung im Gange. Hier auf dem Land merkt man nicht so viel davon, aber in den Städten kommen neue Vorstellungen, eine neue Musik und eine neue Literatur auf. Eigenwillige Menschen wie Verity treiben diese Entwicklung voran. Ich glaube, sie wird ihren Willen durchsetzen, ob es gut für sie ist oder nicht, und das Beste aus dem Leben machen, für das sie sich entschieden hat. Sie will unbedingt Land besitzen und es unabhängig von den Erwartungen anderer Leute bewirtschaften. James wird sie gewähren lassen. In dieser Hinsicht ist er gut für sie.« John muss lauter reden, da der Gesang von neuem erschallt. »Wenn ihre Entscheidung zum endgültigen Bruch zwischen ihr und eurem Vater führt, könnte das für beide sehr schmerzlich sein, denn sie mögen einander trotz allem.«

»Wenn Verity James heiratet, platzen alle Zukunftspläne für unseren Hof und den auf dem Mere Point.«

»Nicht alle, oder? Wenn du Hugh heiratest, könnte er hierher kommen, und Gerald könnte auf dem Mere Point bleiben und heiraten, wen er will.«

»Wenn ich Hugh denn heirate.«

Er blickt mich an. »Ist das noch fraglich?«

Wenn er wüsste, wie sehr! Es ist neun Uhr. In zwei Stunden muss ich zur Hütte aufbrechen. Ich proste ihm zu, trinke einen Schluck Holunderbeerwein und sage: »Ja, es ist noch fraglich.«

Im Kerzenlicht wirkt Johns Gesicht verletzlich und jung. Nach einer Weile sagte er: »Heute Abend scheint Wahrheit in der Luft zu liegen. Beatrice ... wenn es noch fraglich ist, ob du Hugh heiraten wirst, dann ...«

Ein Kopf schiebt sich zwischen uns. Es ist William, einer von Vaters Knechten. Er muss schreien, um den Lärm zu übertönen. »Herr Pastor, Sie werden gebraucht. Frau Mattocks Sohn lässt Sie bitten, sofort zu kommen. Seine Mutter wird wieder von Erscheinungen heimgesucht.«

John nickt. »Danke. Ich komme sofort. Will sie den Muschelmann auch dabeihaben?«

»Nein, Sir. Sie glaubt, dass er mit dem Teufel im Bunde ist.«

John steht auf und sieht zu mir herab. »Ich versuche später wiederzukommen. Beatrice, sollen wir dieses Gespräch fortsetzen oder ...« Er lächelt verlegen. »Oder war ich im Begriff, einen peinlichen Fehler zu begehen?«

Ich stehe auch auf. An jedem anderen Abend wäre ich gerne bereit gewesen, dieses und jedes andere Gespräch der Welt mit ihm zu führen, aber heute weiß ich keine Antwort. William blickt neugierig von John zu mir. Ich suche nach Worten, doch John nimmt mein Schweigen als Antwort und wendet sich zum Gehen. Als ich ihm schließlich hinterherrufe: »John ...«, zwängt er sich bereits an zusammengesackten Gestalten und Bergen von abgelegten Kleidungsstücken und Waffen vorbei. Bevor ich ihn einholen kann, ist er durch die Tür zur Wendeltreppe verschwunden.

Zwanzigstes Kapitel

Ich habe den Appetit verloren. Ab und zu nippe ich an meinem Wein, rede so wenig wie möglich und warte, dass es elf Uhr wird, während um mich herum das Fest weitergeht. Die Zeit scheint dahinzuschleichen. Einige Fackeln verlöschen, aber die Kaminfeuer brennen hoch an beiden Enden der Festtafel. Zwischen ihnen tanzen wilde, hohe Schatten. Ich bin schon seit dem Morgengrauen wach und todmüde. Leute tauchen in meinem Blickfeld auf und verschwinden wieder. Die Gäste an den Tischen grölen, lachen, schluchzen, lassen ihre Humpen fallen und sinken von den Bänken.

»Sing, Kate!«, ruft jemand. »Sing uns ein Kampflied!«

Der Lärm lässt nach. Kate ist weit über das Tal hinaus für ihre schöne Stimme bekannt. Ein wenig unbeholfen wegen ihres verkrüppelten Beins steigt sie auf den Tisch neben mir und stößt beinahe das silberne Salzfass um. Ich halte es fest und lese dabei halb benommen die Inschrift um seinen Rand: *Die Rose ist rot, das Blatt ist grün, Gott schütze Elisabeth, unsere Königin.* Ich reibe mir die Augen, um wieder wacher zu werden, und lehne mich zurück. Ich bin froh, dass Kate gleich singen wird und ich eine Weile mit niemandem mehr reden muss.

Die Leute wollten ein Kampflied hören, aber Kate singt ein Klagelied. Wehmutsvoll und gespenstisch dringt ihre Stimme durch den düsteren Raum und lässt alle verstummen. Als der letzte traurige Vers verklungen ist, in dem es hieß, dass der Liebste nicht zurückkehrte, beginnt in einer Ecke jemand laut zu weinen. Andere husten und scharren mit den Füßen. Ich will gerade aufstehen, um Kate zu bitten, etwas Fröhlicheres zu singen, als am hinteren Ende des zweiten Tisches ein Mann das Liebeslied *Liebchen mein, so lebe wohl* anstimmt. Er hat eine klangvolle, kräftige Stimme und singt wunderschön. Ich sitze wie gebannt da. Der Sänger steht im Halbdunkel. Sein Lied erfüllt den Raum. Alle hören schweigend zu.

»Friedlich sind die Wesen all,
die hier leben in dem Wald,
reden nie ein lautes Wort …«

Er hat ein passendes Lied ausgesucht.

»Wer ist das?«, murmelt jemand neben mir.

»Vermutlich einer der neuen Knechte, die nach der Entlassung von George und Martinus eingestellt wurden.«

»Ja, genau«, sage ich schnell und springe auf. Plötzlich ist mir nicht mehr heiß, sondern so kalt, dass ich zittere. Ich zwänge mich an Vater und Verity vorbei und schlängle mich zwischen der Wand und den Rücken der Leute entlang. Niemand nimmt Notiz von mir. Alle interessieren sich nur für diesen neuen Sänger mit der schönen Stimme. Ich steige über Gäste, die auf dem Boden liegen oder in den durch die eckigen Steinpfeiler gebildeten Nischen hocken. Oh Robert, ich dachte, ich würde dich gut kennen, aber ich wusste nicht einmal, dass du singen kannst!

Es ist ziemlich dunkel in der Mitte des Zimmers. An der Tür, die zur Wendeltreppe führt, begegne ich Mutter.

»Was ist nur in Cedric gefahren?«, fragt sie in gekränktem Ton und fuchtelt mit einem Glas französischem Wein vor mir herum. »Er ist plötzlich aufgesprungen und einfach weggelaufen.« Sie stupst einen auf dem Boden liegenden Knecht mit dem Fuß an.

»Er kommt bestimmt wieder, Mutter«, versichere ich ihr und frage mich insgeheim, wer von uns beiden heute Nacht tatsächlich wiederkommen wird.

Der Sänger ist inzwischen beim letzten Vers angelangt. Nur dann und wann gelangt etwas Licht vom vorderen Feuer dorthin, wo er steht. Ich laufe um das Ende des ersten Tisches und am Feuer vorbei. Jetzt kann ich ihn sehen. Er hat einen Fuß auf die Bank gesetzt, den anderen auf den Tisch. Als ich den zweiten

Tisch erreiche, ist das Lied zu Ende. Beifall ertönt und die Leute um den Sänger herum klopfen ihm anerkennend auf die Beine.

»Zugabe!«

»Das lässt sich schon eher hören!«

»Wir wollen Liebchen, keine Friedhöfe, du alte Hexe!«, schreit jemand Kate zu. Ohne sich lange bitten zu lassen, stimmt der Fremde den Robin-Hood-Kanon an. Ein Kanon ist immer eine Einladung zum Mitsingen, was Kate auch prompt aus voller Kehle tut. Ich stemme die Hände in die Hüften und blicke zu Robert hinauf. Er lächelt zu mir herab. Ein paar Leute bemerken mich und prosten mir zu.

Immer mehr Stimmen fallen in den Kanon ein. Der gerät allmählich durcheinander, aber Robert und Kate singen unbeirrt weiter, bis schließlich beide gleichzeitig denselben Ton erreichen und in schallendes Gelächter ausbrechen, während die anderen noch eine Weile planlos weitergrölen.

»Das ist ein Mann nach meinem Herzen!«, ruft Kate aus.

»Mach lieber, dass du wegkommst, bevor es zu spät ist«, flüstere ich ihm zu.

»Nicht ohne dich«, erwidert Robert genauso leise, dann stimmt er den ersten Vers des Liedes *Der Weidenbaum* an. Ich zucke zusammen, als auf der anderen Seite des Saals ein Zupfinstrument erklingt; jetzt sehe ich, dass Germaine sich aus dem Griff meines Vaters befreit und zu Ehren dieses fremden Sängers ihre Laute hervorgeholt hat. Sie spielt sie wesentlich besser als die Fidel. So klingt das Lied noch schöner und ergreifender, umso mehr, als Kate wieder mitsingt. Weitere Stimmen schmettern den Refrain oder summen die Melodie mit. Ich stehe hilflos da und frage mich, wie lange es wohl noch dauern wird, bis den Leuten trotz ihres Rausches noch etwas an der Stimme dieses Sängers auffällt: ein schottischer Akzent.

Gleich darauf geschieht es. Das Lied geht zu Ende. Die Leute spenden begeistert Beifall, stampfen mit den Füßen, stoßen ihre Humpen aneinander und trommeln mit den Händen auf die Tische.

»Zugabe!«

»Sing etwas Flotteres! Los! Sing das Lied von der Nachtigall!«

Doch Vater, der vielleicht verstimmt ist, weil Germaine nicht mehr auf seinem Schoß sitzt, ruft vom hinteren Ende des Saals: »Wer ist das eigentlich? Wer bist du? Zeig dich, Sänger! Ich will hier drin keine fahrenden Bänkelsänger haben. Das sind alles Spione!«

Die versammelte Menge verstummt. In der Stille fällt in einem der Kamine ein großes Holzscheit ächzend in sich zusammen und stößt eine Wolke von Funken und Rauch aus. Ich schleiche schnell zu der Tür, die zur Wendeltreppe führt. Sie öffnet sich einen Spalt, noch bevor ich sie erreiche. Dann sehe ich, dass Cedric draußen steht und mich zu sich winkt. »Ich habe ein Pferd gesattelt«, flüstert er. Ich nicke, drehe mich um und blicke zu Robert hinüber, der inzwischen von der Bank herabgestiegen und ins Licht zwischen den beiden Tischen getreten ist.

»Seid gegrüßt.« Er spricht nicht besonders laut, aber es ist so still im Raum, dass alle ihn hören können. »Ich dachte, ich geh mal rüber und schau mir euer angelsächsisches Festgelage an.«

Ein ungläubiges Raunen geht durch die Menge.

»Bei Gott! Ein Schotte!«

Die Leute sitzen immer noch wie gelähmt da, als Robert ihnen zuruft: »Ach, und was für ein Bild des Jammers ihr alle abgebt! Glaubt ihr armseligen Trunkenbolde im Ernst, ihr könntet einfach in Königin Maria Stuarts stolzes Schottland einmarschieren? Das ist ja lachhaft! Ich weiß nicht einmal, ob ich lachen oder heulen soll. Am besten, ihr versucht es erst gar nicht. Erstens seid ihr unfähig dazu und zweitens bin ich schon unterwegs, um meine Leute zu warnen.«

Er springt mit nackten Füßen auf den Tisch, rennt darauf entlang und schmeißt dabei Teller, Schneidebretter, Essen und Bierhumpen durcheinander. Die Leute weichen schreiend zurück, während Hammelbeine auf ihrem Schoß landen und Bierfontänen auf ihre Brust spritzen. Als Robert auf Höhe der Tür ist, an der ich stehe, springt er über Köpfe hinweg vom Tisch und auf die Tür zu. Oh ja, Robert, ich scheine dich wirklich kerngesund gepflegt zu haben.

Er ist bereits durch die Tür und rennt die Treppe hinunter, immer drei Stufen auf einmal nehmend, als die Leute sich polternd und brüllend aufrappeln und die Verfolgung aufnehmen.

»Ihm nach! Der kommt nicht weit!«

»Schnappt den Scheißkerl! Er ist ein schottischer Spion!«

»Ich hab's euch ja immer gesagt ... fahrende Bänkelsänger ...«

»Fasst ihn! Los, holen Sie Ihre Spürhunde, Master Spearing!«

Alle laufen die schmale Wendeltreppe hinunter, über die Robert geflohen ist, taumeln, stürzen und halten sich an den Wänden fest. Ich nehme den anderen Weg, renne über die Treppe hinter dem östlichen Kamin zu meiner Kammer und dann die selten betretenen Steinstufen hinab, die an der Küche vorbei in den unterirdischen Gang führen. Hoffentlich hat niemand die Wolfsgrube geöffnet! Ich habe keine Zeit, erst noch eine Kerze oder Laterne zu holen und anzuzünden. In weniger als einer Minute bin ich durch den Gang und im Gehege. Aus dem Eingangstor auf der Vorderseite des Turms drängt die ganze Nachbarschaft schreiend und grölend in die Nacht hinaus.

Es ist dunkel. Wolken verdecken den Mond und die Sterne. Das ist gut für Robert, im Augenblick schlecht für mich. Der Tumult hat die Pferde aufgeschreckt. Ich spüre, wie nervös sie sind, als ich mich auf der Suche nach Hilda zwischen ihnen hindurchschlängle. Etwas berührt meinen Knöchel. Es ist mein Kater Cäsar, der ebenfalls auf der Jagd ist. Hilda steht auf ihrem üblichen Platz hinten in der Ecke, doch auf ihrem Rücken sitzt eine Gestalt, und eine zweite hält sie am Kopf fest. Die beiden schwarzen Schatten warten stumm und reglos ab, wer da auf sie zukommt. Ich koche vor Wut.

»Wie kannst du es wagen, hierher zu kommen? Geh weg von meinem Pferd, Schotte!«

»Wie ich es wagen kann?« Robert ist der Schatten auf dem Pferd. »Warum hast du mir nichts von diesem verdammten Feldzug erzählt? Ich musste es draußen im Wald von Reitern hören!«

Sein Ton ist so scharf und bitter, dass Hilda scheut und dem Muschelmann die Zügel aus der Hand reißt. Er packt sie fester am Kopf und flüstert ihr besänftigend ins Ohr, dann sagt er zu Robert: »Wie käme sie dazu, dir davon zu erzählen? Meinst du, sie verrät ihre eigenen Leute, nur weil sie dir geholfen hat, so wie sie auch einem verletzten Hund helfen würde?« Er wendet sich an mich. »Beatrice, überlass ihm dein Pferd. Ich werde mitreiten. Ich habe auch das Pferd deines Vaters gesattelt. Öffne nur das Gehegetor, wenn ich es sage, und dann lauf in deine Kammer zurück.«

Ich zögere. Der Lärm der Menge wird lauter, während sie um die Ecke des Turms biegt, im Dunkeln nach einem Weg sucht und näher rückt. »Nein!« Ich ziehe meine Röcke über die Knie hoch. »Sie öffnen das Tor, Cedric. Ich reite zusammen mit Robert auf Hilda und Sie folgen uns auf Caligula. Wir werden Sie brauchen, um sicher über die Bucht zu kommen.« Mit einem Fuß auf dem Holzklotz, den ich immer zum Aufsteigen benutze, schwinge ich mich hinter Robert auf Hildas breiten Rücken und schnalze mit der Zunge. »Also los, Mädchen, auf zum Strand.« Ich sehe Cedric an, der Vaters Pferd hält. »Können wir es noch schaffen, bevor die Flut einsetzt?«

Er schnuppert in die Luft. »Hinüber schon, aber nicht zurück. Willst du das?«

Die Menge kommt immer näher. Es bleibt keine Zeit zum Reden. Cedric stößt das Gehegetor auf. Robert rückt sich im Sattel zurecht und packt die Zügel. Ich lege ihm die Arme um die Taille und kicke mit den Fersen gegen Hildas Flanken. Sie läuft in schnellem Trab durch den steinernen Torbogen, doch sobald sie im offenen Gelände und auf dem vertrauten Weg zum Meer ist, galoppiert sie los. Hinter uns bricht Geschrei aus. Und ich höre das dumpfe Hämmern von Caligulas Hufen auf Gras.

Als ich mir sicher bin, dass Robert das Pferd gut im Griff hat, schaue ich mich kurz um. Der Mond tritt heraus und ich sehe Cedric auf Vaters schwarzem Pferd als dunklen Umriss vor dem weißen Turm. Erschreckend dicht hinter ihm rennt die Menge. Der Wind trägt ein paar Sätze zu mir herüber:

»Da reitet er!«

»Fasst ihn!«

»Holt den Mistkerl vom Pferd!«

Dann höre ich ein anderes Geräusch, ein Pfeifen und Sausen in der Luft, ein lautes Krachen und einen leisen Schrei. Als ich mich erneut umblicke, sitzt Cedric nicht mehr auf dem Pferd. Was ich gehört habe, war eine lange Peitsche. Sie haben ihn mit der Peitsche vom Pferd geholt. Der verschreckte Caligula galoppiert mit aufgerissenen, hell schimmernden Augen weiter hinter uns her, wird jedoch allmählich langsamer. Dann sind alle außer Sichtweite und der Steilhang des Pike gleitet in der Dunkelheit an uns vorbei.

In das Geräusch des Windes mischt sich eine Stimme – oder ist sie nur in meinem Kopf? »Nimm dich in Acht vor der Flut, Beatrice. Nimm dich in Acht!«

Einundzwanzigstes Kapitel

»Sie haben Cedric für dich gehalten, Robert! Sie haben ihn vom Pferd gepeitscht!«, schreie ich gegen seinen Rücken, als wir die Bäume erreichen und auf den Pfad zureiten, der die Klippen hinunterführt.

Robert hält abrupt das Pferd an. »Gütiger Gott! Dann müssen wir zurück. Sie werden ihn umbringen, wenn sie erfahren, dass er mir geholfen hat!«

»Sie werden es nicht erfahren. Er wird sagen, dass er dich verfolgt hat. Nein, wir müssen weiter. Wir schaffen es so schon kaum.«

Er zögert, und Hilda trottet langsam weiter auf den Pfad zu, weil sie überzeugt war, es ginge zum Strand. Er bringt sie erneut zum Stehen und dreht sich zu mir um. »Du solltest sowieso lieber umkehren, Beatrice. Misch dich unter die restlichen Gäste und tu so, als wärst du nie weg gewesen. Dann haben sie keinen Grund, dich mit mir in Verbindung zu bringen.« Er hält mit dem versehrten Arm die Zügel fest und legt den gesunden um mich. »Danke für alles, Liebste. Ich werde dich nie vergessen. Ich hoffe, dass ich doch ein bisschen mehr für dich war als der verletzte Hund, mit dem Cedric mich verglichen hat.«

»Das weißt du doch. Komm, lass uns jetzt lieber zum Strand reiten. Allein kommst du nie über die Bucht.«

Das Schweigen, das nun folgt, ist länger, als wir es uns eigentlich leisten können.

»Du kommst also mit mir?«

»Ja.«

»Nur bis über die Sandbänke?«

»Ja.«

»Das lasse ich nicht zu. Du kennst den Weg auch nicht, und noch dazu bei Nacht ...«

Ich nehme seinen Arm weg und küsse seinen Nacken. »Ich habe die Sandbänke schon überquert. Ich werde mein Bestes geben. Das ist deine einzige Chance, wegzukommen. Sie werden dich jagen, sobald sie die Pferde gesattelt und die Spürhunde geholt haben. Du kannst nicht um die Bucht herumlaufen. Das würde zu lange dauern und sie würden dir den Weg abschneiden. Du hast also keine andere Chance, als noch vor der Flut die Sandbänke zu überqueren. Bis zur nächsten Ebbe sind deine Spuren dann verwischt und du bist bereits weit im Norden.« Ich betrachte den Mond und versuche abzuschätzen, wie spät es ist. Wenn die Zeit bis zum Einsetzen der Flut knapp ist, werden unsere Jäger es nicht wagen, uns auf die Sandbänke zu folgen. Ich sitze ab. »Komm, lass mich vorne reiten. Wir müssen vorher noch woanders hin.«

»Was? Vorher? Dazu ist keine Zeit.«

Ich springe vor ihm auf Hildas Rücken, schwinge mein Bein über ihren Hals und übernehme die Zügel. Dann presse ich die Knie gegen ihre Flanken und lenke sie den dunklen, felsigen Pfad hinunter, der zum Meer führt. Auf halbem Weg biege ich nach links ab. Genau in diesem Augenblick ist in der Ferne das aufgeregte Kläffen losgelassener Hunde zu hören. Das sind Master Spearings Spürhunde. Ich erinnere mich plötzlich wieder an Jolys Reißzähne vor meinem Gesicht und mir sträuben sich alle Härchen im Nacken.

»Heilige Mutter Gottes!«, murmelt Robert. »Wo willst du denn hin, Beatrice? Das ist wohl kaum der Weg zum Strand.«

»Wir müssen zuerst in die Kapelle und um Schutz bei der Überquerung beten, Robert. Die letzten Reisenden, die das nicht taten, sind im Treibsand untergegangen.«

Ich treibe Hilda in einem halsbrecherischen kurzen Galopp den gewundenen Weg entlang. Robert klammert sich an mir fest. Ich kann seinen Atem in meinem Nacken spüren. Zweige peitschen gegen unsere Köpfe, Steine stieben unter Hildas Hufen weg. Schließlich erreichen wir eine Lichtung am Rande einer Klippe, auf der die kleine, weiße Kapelle im Mondlicht schimmert. Durch die Bäume kann man auf die weite

Fläche aus feuchtem Sand hinabblicken, die sich bis zum Gewhorn Head erstreckt. Ein breiter, durchbrochener Streifen Licht zieht sich von einer Seite der Bucht zur anderen wie ein leuchtender Wegweiser in die Sicherheit.

»Gott sei Dank ist wenigstens der Mond herausgekommen«, flüstere ich. Wir sitzen ab und ich gehe voran in die schlichte, aus Stein erbaute Kapelle. Pastor Becker hat sie neu geweiht, als der Mann, der früher die Leute über die Sandbänke führte, gehängt wurde, weil er Reisende ausgeraubt hatte. Die niedrige, salzverkrustete Tür ist mit Spinnweben verhangen. Offensichtlich hat seit Wochen niemand mehr die Sandbänke überquert. Die Tür quietscht in den Angeln, und die Spinnweben wickeln sich um unsere Köpfe, als wir hineingehen. In der Ferne heulen die Hunde.

»Mein Gott, Beatrice, ist das wirklich nötig?«, flüstert Robert.

»Und du nennst mich eine Heidin! Nun komm schon.«

Drinnen steht anstatt eines Altars, der nach Osten schaut, ein ausgebleichter, nach Westen gerichteter Holztisch, von dem aus man durch drei unverglaste Rundbogenfenster die Bucht überblicken kann. Ich knie schnell davor nieder, falte die Hände auf dem verzogenen grauen Tisch und blicke aus dem Fenster. »Bitte schütze uns vor den Hunden, den Leuten und der Flut.« Robert stößt ein inbrünstiges Amen aus, dann sind wir bereits wieder draußen und unterwegs.

»Sie werden denken, dass du den anderen Pfad genommen hast!«, schreie ich ihm über die Schulter zu. »Sie rechnen nicht damit, dass du die Kapelle und diesen Weg zum Strand kennst.« Wir erreichen den Fuß der Klippen. Ich versuche ständig zu errechnen, wie viel Zeit uns bleibt. Es muss noch weit vor Mitternacht sein, aber wie lange ist schon Ebbe? Wie lange dauert es, bis die Flut zurückkommt? Das letzte Hochwasser war um die Mittagsstunden, das nächste wird also um Mitternacht oder kurz danach sein. Die Zeit müsste gerade reichen, um die Bucht zu überqueren, aber zurück werde ich es kaum schaffen. Bis dahin werden sie zu Hause wahrscheinlich sowieso gemerkt haben, dass ich nicht da bin.

Als wir zwischen den Pfützen hindurchreiten, die die Flut auf dem mit Seegras bewachsenen Strand zurückgelassen hat, dringt von den Klippen lautes Hundegebell herunter. Dann geht es in ein leiseres Jaulen über und auch menschliche Stimmen und Pferdehufe sind zu hören. Ich wollte Robert gerade vorschlagen, Hilda nicht auf die gefährlichen Sandbänke mitzunehmen, sondern sie zurückzuschicken und die Bucht zu Fuß zu überqueren, denn da wir keinen Führer haben, müssen wir uns so vorsichtig vorwärtsbewegen, dass wir zu Pferd wenig schneller sind als zu Fuß. Doch nun haben wir keine Wahl mehr. Ich treibe Hilda mit den Fersen an, und sie springt im leichten Galopp über die Salzwasserpfützen hinweg, bis wir den nassen Sand erreichen.

Robert sitzt still hinter mir. Ich richte mich im Sattel auf, spüre die tröstliche Wärme seines Körpers an meinem Rücken. Nun reiten wir in gleichmäßigem Trab an der Linie aus Seegrasbüscheln entlang, die sich in der mondbeschienenen Ferne verliert. Ich weiß jedoch auch so, wie man die gefährlichen Stellen erkennt, selbst wenn das bei Nacht schwieriger ist. Wo Wasser im Sand verborgen ist, schimmert die Oberfläche glatt und seidig. An den begehbaren Stellen ist sie zerfurcht und matt. Ich lenke den Kopf meines geduldigen Pferdes von einer sicheren Sandfläche zur nächsten und denke bei mir, dass die Vorzüge glanzloser Sicherheit unterschätzt werden. Hinter uns hallt ein Ruf von den Klippen wider: »Dort reitet er!« In der Nachtluft sind die Stimmen klar und deutlich zu verstehen.

»Gott steh ihm bei. Er überquert die Sandbänke. Dann können wir die Verfolgung jetzt einstellen. Nehmt die Hunde an die Leine.«

»Augenblick mal! Auf dem Pferd sitzen zwei. Er hat jemanden mitgenommen. Wir sollten ihm doch lieber hinterherreiten.«

»Nein, Master Spearing.« Wessen Stimme ist das? Die von Germaine, glaube ich. »Sie sind betrunken. Sie sehen doppelt. Auf dem Pferd sitzt nur der Schotte.«

Die Stimmen werden leiser, sind kaum noch zu unterscheiden und bald nicht mehr zu hören. Ich lasse Hilda in eine langsamere Gangart fallen und Robert umarmt mich fester. Eine ganze Weile reiten wir schweigend weiter. Dann endet plötzlich das Seegras und vor uns liegt nur noch nackter Sand.

Gleichzeitig weht uns die erste leichte Meeresbrise ins Gesicht. Ich straffe mich und spüre das Gleiche bei Robert, aber ich wage es nicht, schneller zu reiten, weil der sichere Weg nun nicht mehr markiert ist.

»Warum hast du das getan, Robert?«, frage ich ihn über die Schulter, zügle Hilda und behalte den Sand im Auge. »Warum bist du in den Turm gekommen? Das war der schiere Wahnsinn!«

Er vergräbt sein Gesicht in meinem Haar. »Ich glaube, ich war wirklich wahnsinnig. Ich musste dich einfach sehen. Ich war so wütend. Ich fühlte mich von dir verraten und wollte dich noch einmal in deinem Turm erleben, vermutlich weil ich dich dort einst als Feindin kennen lernte. Ich dachte, ich hätte mich in dir getäuscht. Du hattest mir nichts von dem geplanten Rachefeldzug erzählt. Ich musste es zufällig von zwei Jägern hören und einer davon war dein Vetter Hughie. Ich war so zornig auf dich, Beatrice! Ich wollte es dir zeigen und dir einen gehörigen Schrecken einjagen ...«

»Das ist dir allerdings gelungen«, entgegne ich, nun ebenfalls wütend. »Aber vergiss nicht, was du getan hast, Robert! Vergiss nicht, dass du uns damals grundlos angegriffen hast! Wegen dir musste einer unserer Männer sterben!«

»Wir kämpfen gegen unsere Feinde. Beide Seiten tun das. Deine Leute ebenso wie meine, oder etwa nicht, Bea? Lass uns nicht im Zorn auseinander gehen. Es tut mir sehr Leid, dass ich dich in so große Gefahr gebracht habe. Ich sehe inzwischen ein, dass du nicht anders handeln konntest ...« Er verstummt, weil Hildas Vorderbeine plötzlich einsinken. In meinem Zorn habe ich nicht mehr auf den Weg geachtet. Als sie mit einem panischen Wiehern vornüberfällt, begreife ich, dass Hilda im Treibsand steckt.

»Runter vom Pferd!«, schreie ich Robert zu, während ich vornüberpurzle. Er springt seitlich ab. Hilda rappelt sich wieder hoch, als unser Gewicht nicht mehr auf ihr lastet, aber sie steckt immer noch fest, und je hektischer sie sich zu befreien versucht, desto tiefer sinkt sie ein.

Der Schreck hat mir die Kehle zugeschnürt, aber ich versuche besänftigend auf sie einzureden, während wir sie packen, wo wir sie zu fassen bekommen, Robert am Schwanz, ich an der Mähne. Ich greife in das warme, drahtige Haar und ziehe, reiße aber nur Büschel heraus. Da schlinge ich die Arme um ihren Hals. Sie keucht vor Angst, bleckt die Zähne und ringt nach Luft. Wir müssen höllisch aufpassen, dass wir nicht selbst den Halt verlieren, aber langsam gelingt es uns, sie immer weiter aus dem Schlick zu hieven. Zu meinem Entsetzen erkenne ich im Mondlicht, dass der nass glänzende Treibsand sich auf die Stelle zubewegt, wo Robert und ich vorübergehend Halt gefunden haben. Der Boden unter meinen Füßen beginnt bereits nachzugeben. Ächzend beugt Robert sich vor, schiebt die Schultern unter Hildas Bauch und stemmt sich dagegen. Langsam bekommt er Hildas Beine frei, doch nun sinkt er selbst ein. Ich hänge seinen Arm in den Steigbügel ein – nur der versehrte Arm reicht weit genug herüber – und zerre Hilda auf festeren Boden zurück. Sie verdreht die Augen und zieht die Lefzen zurück, doch als sie merkt, dass sie ihre Hufe wieder heben kann, beginnt sie sich allmählich zu beruhigen. Sie hört auf zu schnauben und den Kopf hin und her zu werfen.

Ich nehme ihr Gesicht in die Hände und küsse es. Und ich küsse Robert, als er sich auf die mit Schlamm überzogenen Beine kämpft. Tränen laufen mir über die Wangen, ebenso wie ihm. Ich küsse ihn erneut und schluchze: »Tausend Dank! Ich danke dir, dass du sie gerettet hast!«

Er umarmt mich, obwohl sein Arm so wehtut, dass er nach Luft schnappt. Er fährt mir mit den Händen durchs Haar, drückt mein Gesicht an seinen Hals und sagt: »Ich liebe dich, Beatrice.« Wir geben uns noch ein paar hastige, verzweifelte Küsse, dann sitzen wir wieder auf und reiten weiter auf den Gewhorn Head zu, noch langsamer als vorhin.

Der Wind frischt auf, und der Geruch nach Meer

wird stärker, aber das andere Ufer ist nun nicht mehr weit. Plötzlich ist Gras unter Hildas Hufen und das schmatzende Geräusch bei jedem Schritt wird zu einem dumpfen Klopfen. Vor uns erhebt sich ein hoher, bewaldeter Hang. Der Mond verschwindet hinter einer Wolke. Ein Hund heult irgendwo weit im Norden. Ich halte Hilda an und wir sitzen beide ab.

»Robert, du musst zwischen diesen Bäumen einen Weg suchen, der nach oben führt, und dann nach Norden weiterlaufen. Versuche zu den Mönchen von Cartmel durchzukommen. Das liegt nördlich und ein wenig westlich von hier. Sie werden dir helfen und dir den Weg weisen. Ich muss jetzt schnell umkehren.«

Robert schaut mich eindringlich an. »Beatrice, du kannst jetzt nicht mehr zurück! Die Flut kommt, du wirst ertrinken!«

Ich umarme ihn. »Leb wohl, Robert. Ich werde dich nie vergessen. Gott schütze dich.« Ich küsse ihn, dann steige ich wieder auf Hilda. Robert packt mich bei den Armen und zieht mich wieder herunter. Ich schreie auf, weil mein Knöchel sich im Steigbügel verdreht. Er schiebt seine Schulter unter meinen Arm, um mich zu stützen, und befreit meinen Fuß.

»Beatrice, sei nicht verrückt. Reite später zurück. Jetzt schaffst es nicht mehr. Sag, ich hätte dich verschleppt. Oder ... ach, komm einfach mit mir.« Er stellt mich auf die Beine, nimmt mich fest in die Arme und küsst mich lange und leidenschaftlich. Ich lege ihm die Arme um den Hals, schmiege mich an ihn, erwidere seinen Kuss und streichle ihm übers Haar, dann löse ich mich von ihm und trete einen Schritt zurück.

»Robert, begreifst du denn nicht, dass wir jetzt keine Wahl mehr haben? Wenn sie merken, dass ich weg bin, wird nichts sie davon abbringen können, dich zu verfolgen. Bin ich aber zu Hause, werden sie dich ziehen lassen.«

»Hatten wir denn überhaupt irgendwann eine Wahl?«

Ich klettere wieder in den Herrensattel, den Cedric auf mein Pferd geschnallt hat, und wünschte, es wäre mein bequemer Damensattel, mit dem ich schneller reiten kann. Robert wartet auf eine Antwort, aber ich kann ihm keine geben. Er nimmt Hildas Zügel. »Hör zu, mein Schatz, es kümmert mich nicht, dass sie mich verfolgen, wenn du mitkommst. Ich habe nur Angst, dass sie dich hart bestrafen, wenn sie uns zusammen erwischen, aber wir haben einen guten Vorsprung. Wir können ihnen entkommen. Mit Hilda und vielleicht noch einem Pferd aus Cartmel können wir übermorgen in Schottland sein.«

Ich nehme ihm die Zügel aus der Hand. »Nein. Es gibt Leute, die den Weg besser kennen als wir. Sie kennen die Abkürzungen. Sie würden uns den Weg abschneiden. Lauf jetzt los, Robert. Allein hast du die Chance, ihnen zu entwischen. Vergib sie nicht. Dann wäre alles sinnlos gewesen.« Ich drehe Hildas Kopf zur Bucht. Sie bockt und scheut. Sie wittert nahendes Salzwasser und den Geruch vor langem versunkener Pferde, und sie ist erschöpft. Ich trommle mit den Fersen gegen ihre Flanken. Sie dreht sich im Kreis und keilt zur Seite aus, als wollte sie mich abwerfen. Robert versucht sie am Kopf zu packen, aber ich schlage ihr mit dem losen Zügelende auf den weichen Hals und flüstere: »Was soll denn das, Mädchen? Willst du uns alle drei umbringen?« Meine Stimme beruhigt sie. Schließlich trabt sie widerwillig in Richtung Meer.

»Beatrice!«

Ich wende mich um. »Geh jetzt, Robert!«

Hilda fällt in einen müden Galopp und ich schaue nicht noch einmal zurück.

Zweiundzwanzigstes Kapitel

Als wir die Sandbänke erreichen, scheint es fast, als wüsste Hilda, dass sie ihren Hufspuren vom Hinweg folgen muss. Hier ist nirgendwo ein mit Seegras markierter Weg – wir müssen weit von ihm abgekommen sein –, doch ich brauche kaum einzugreifen, um sie auf die Fährte zu lenken, die sie hinterlassen hat. Der Mond ist hinter Wolken verschwunden und der Wind ist stärker geworden. Er bläst meine Spitzenhaube davon, die bisher allen Widrigkeiten zum Trotz auf meinem Kopf geblieben ist, und weht mir die Haare ins Gesicht. Da ich nichts mehr sehe, halte ich sie mit einer Hand nach hinten. Einen Augenblick lang spüre ich wieder Roberts Hände in meinem Haar und kehre fast um.

Als ich die halbe Strecke hinter mir habe, fegt der Gezeitenwind die Wolken fort, und ein blendend weißes Licht erfüllt die Bucht. Die Küste, die ich erreichen muss, wirkt von dieser Seite aus fremd und sehr weit weg. Dann erkenne ich im Südwesten eine flache, glatte Welle – die Flut kommt!

In meiner Panik treibe ich die erschöpfte Hilda wie verrückt an, obwohl ich weiß, dass es sinnlos ist. Bei uns heißt es: »Die Flut ist schneller als ein galoppierendes Pferd.« Das sagen die Leute, wenn sie Kinder davor warnen, auf die Sandbänke hinauszulaufen, und wenn unglückliche Reisende zu langsam waren. Jetzt steht fest, dass das Wasser mich einholen wird, bevor ich das Ufer erreiche.

Die nahende Flutwelle hat die schwarzgrüne Farbe der Wasserpest und des Schimmels auf verdorbenen Rüben, die Farbe von Fäulnis und Tod. Der salzige Wind brennt mir in den Augen. Hilda entwickelt ungeahnte Kräfte und prescht wie wild über die Bucht. Die Welle erreicht uns in dem Moment, als ich die weiße Kapelle auf den Klippen erkenne. Wasser überschwemmt den Boden unter uns, und ich kann nicht mehr erkennen, wo der Sand sicher ist. Ich lenke Hilda direkt auf die nächste Landspitze zu und treibe sie mit den Fersen zu einem fliegenden Galopp über den unsichtbaren Grund an. Gischt spritzt hoch und durchnässt mich. Der Wind zerrt an meinen Haaren und peitscht sie mir ins Gesicht. Sekunden später strauchelt Hilda. Ihre Vorderbeine knicken ein und sie sackt mit einem schrillen Wiehern nach vorn auf ihren Hals. Ich fliege über ihren Kopf hinweg in das schnell fließende Wasser. Als ich ein sanftes Saugen an meinen Gliedern spüre, weiß ich, dass ich im Treibsand gelandet bin.

Es ist so kalt, so dunkel. Ich habe eisiges, nach Tränen

schmeckendes Wasser im Mund und Sand in den Augen. Nun hat der Nachtmahr mich geholt! Ich habe immer geahnt, dass er es eines Tages tun würde. Die Geistergeschichten meiner Kindheit umschlingen mich und ziehen mich hinab in ihre Totenwelt. Das Meer ist über meinem Kopf. Ich weiß nicht mehr, wo vorne, hinten, oben oder unten ist. Ich bekomme keine Luft und habe keine Ahnung, wohin ich müsste, um zu atmen.

Eine Strömung erfasst mich. Mitten in meinem Kampf gegen das Ertrinken merke ich, dass ich nicht mehr im Sand feststecke, sondern treibe. Ich rudere wild mit den Armen und kann endlich den Kopf aus dem Wasser strecken. Doch da packt mich noch etwas anderes als die Strömung, ein neuer Schrecken. »Nicht strampeln, Beatrice!« Die Stimme ist undeutlich, aber nahe. Unerwartet spüre ich die Wärme der Nachtluft, den Wind, der mir die nassen Kleider an den Rücken klatscht. Ich bin draußen. Wasser läuft an mir herunter. Alles ist dunkel. Ich kann das Meer und die Nacht nicht unterscheiden, so sehr ich meine Augen und Ohren auch anstrenge. Dann lande ich mit einem Ruck auf einem Pferd und spüre seinen warmen Hals an meinem Gesicht. Er riecht nach Stall, Sonne und Wiese, nach Dingen, von denen ich glaubte, dass ich sie nie wieder sehen würde. Ich richte mich mühsam auf. Zuerst glaube ich, dass es Hilda ist, auf der ich rittlings sitze, dann merke ich, dass es ein viel größeres Pferd ist und dass eine starke, blasse Hand die Zügel hält.

Das Pferd schwankt. Meine Füße schleifen im Wasser. Die Flut zerrt meinen linken Fuß zur Seite und drückt meinen rechten unter den Bauch des Pferdes.

»Langsam dort drüben, John! Folge genau meinem Kurs«, ruft eine ferne Stimme. Irgendwo vor uns leuchtet ein Licht auf.

»Halt durch! Ich bin hinter dir!« Ein Arm hat sich um mich gelegt und hält mich fest. Wir reiten im Zickzackkurs dem Licht hinterher. Inzwischen zerrt die Flut an meinen Schenkeln. Die Stimme vor uns schreit gegen den Wind an: »Gleich ist fester Boden vor dir. Reite, so schnell du kannst, auf die Landspitze und die weiße Kapelle zu.« Vor uns kommt ein weiteres Pferd in Sicht. Unseres versucht vergeblich loszutraben. Mich packt erneut die Angst, als Wasser hochbrandet und kurz über meinem Kopf zusammenschlägt. Unser Pferd reckt und krümmt den Hals, während es sich vorankämpft. Dann fühlen sich meine Beine plötzlich warm und nackt an. Wir werden beide mit einem Ruck nach hinten geworfen, als das Pferd losprescht. Nun spritzt kein Wasser mehr hoch und das glucksende Geräusch der Pferdehufe unter uns verwandelt sich in dumpfes Trommeln.

Sie legen mich in der weißen Kapelle auf den kalten Steinboden. Ich würge immer noch Meerwasser hoch, es quillt mir aus Mund und Nase. John Becker kniet neben mir und wickelt mich in seinen Umhang. »Eigentlich könntest du den gleich behalten«, sagt er. »Du trägst ihn sowieso öfter als ich.« Ich kann nicht aufhören, wie ein Fisch nach Luft zu schnappen, daher drehe ich mich auf die Seite, von ihm weg.

Schließlich frage ich: »Wo ist Hilda?«

John stützt mich mit dem Arm. »Sie hat sich das Genick gebrochen. Sie kam nicht mehr hoch. Es tut mir sehr Leid.«

»Sie war im Treibsand! Sie muss qualvoll ertrunken sein!« Ich verspüre einen stechenden Schmerz in der Brust.

»Nein, nein.« John schüttelt mich. »Sie hat nicht gelitten. Sie war sofort tot. Sonst hätte ich sie kämpfen sehen.«

Cedric, der am Fenster steht, schaut John an, und John sieht weg. Ich bin erstaunt, dass dieser Mann, der uns immer ermahnt, ehrlich zu sein, offenbar bereit ist, mir zuliebe zu lügen. Ich sage nichts mehr. Mir blieb letztendlich keine andere Wahl, und nun muss ich mit dem, was ich getan habe, irgendwie fertig werden. In diesem Augenblick meine ich zu sterben vor Kummer. Robert ist vielleicht gerettet, aber zu welchem Preis! Das Leben, das vor mir liegt, erscheint mir trostlos und leer. Ich blicke die beiden Männer an, die mich gerettet haben, und sage mit tonloser Stimme zu ihnen: »Danke, dass ihr gekommen seid und mich da rausgeholt habt. Ihr hättet selbst ertrinken können.«

John starrt zu den Dachbalken hinauf, zwischen denen Spinnweben hängen. »Ich befürchtete, du würdest nach Schottland gehen.«

Cedric wirft ihm einen weltverdrossenen Blick zu, dann dreht er sich wieder zum Fenster. »Da, schau!« Er stellt seine Laterne auf den Boden und zieht mich auf die Beine. Über der Bucht scheint ein fahler Mond durch vorbeitreibende Wolkenfetzen. In der Ferne, jenseits des Wassers, flackert ein Licht, vielleicht ein brennender Ast. »Dort ist er.« Cedric überlässt es John, mich zu stützen, und hebt seine Laterne dreimal in den mittleren Fensterbogen hoch. Sie schaukelt heftig im Wind, und ihre Flamme zuckt wie wild, während sie das dreifache Leuchtsignal aussendet, das »gerettet« bedeutet. »Jetzt weiß er, dass du in Sicherheit bist, und wird sich auf den Weg nach Norden machen.« Cedric sieht mich kurz an. »Beatrice ... wenn wir dir trockene Sachen besorgen und ich dich morgen, wenn wieder Ebbe ist, über die Bucht bringe, kannst du ihn noch in Cartmel erwischen.«

Ich beginne zu zittern. Mir klappern die Zähne und wieder läuft mir Salzwasser aus der Nase und aus den Augen. John hält mich immer noch unerbittlich fest. Sein Mantel und seine Arme sind so warm, dass die Luft um uns herum voller Dampf ist. »Sie wird sich auf andere Weise den Tod holen, wenn wir sie nicht schnell irgendwohin bringen, wo es wärmer ist«, sagt er. »Ich werde dich ins Pfarrhaus mitnehmen, Beatrice. Mutter Bain wird sich um dich kümmern und dir trockene Sachen zum Anziehen geben. Du solltest diese rote Seide wirklich nicht mehr tragen, weißt du, sie bringt dich jedes Mal in Schwierigkeiten.«

Ich muss lächeln. Trotz allem, trotz all der guten Gründe, nicht zu lächeln, lächle ich. Dann hebt John mich hoch und trägt mich hinaus zu seinem Pferd, das unter einem Baum angebunden ist. Cedric läuft uns hinterher. Er nimmt mein Gesicht in seine nach Fisch riechenden Fäuste und sagt: »Beatrice, was ist? Du musst dich entscheiden.«

John hievt mich auf sein Pferd. Ich blicke zum Muschelmann hinab. »Wollen Sie immer noch, dass ich Ihre Schülerin werde, Meister Cedric?«

Er blickt mich schweigend an, dann sagt er: »Ja, das würde mich freuen.« Er dreht sich um und läuft zu seinem Pferd. Nun sehe ich, dass er hinkt. Bevor er sich in den Sattel schwingt, ruft er mir über die Schulter zu: »Also, abgemacht.«

Mutter Bain sitzt in ihren Nachtgewändern in einem Lehnstuhl und raucht Wachholderbeeren in einer kleinen Tonpfeife. »Es ist also überstanden und alle leben noch.« Ihre Stimme kommt unter den breiten Rüschen ihrer leinenen Nachthaube hervor, die ihr Gesicht fast ganz verdecken. Sie kaut am Stiel ihrer Pfeife. »Und doch ...« Sie schüttelt den Kopf, als ärgere sie sich über sich selbst. »Ach, nichts.«

Ich sitze, in Decken eingehüllt und schwitzend, vor dem beängstigend hohen Feuer in der Küche des Pfarrhauses. Cedric und John haben sich inzwischen umgezogen. Unsere nassen Sachen dampfen an einer

Kleiderstange unter der Decke neben einer Reihe toter Moorhühner, die mit dem Kopf nach unten zum Räuchern aufgehängt wurden. Ich muss ein widerliches Gebräu aus Löwenzahn, Lavendel und Ysop trinken, das das Meerwasser aus meinem Körper treiben soll. Wir sind alle ganz leise, um weder James zu wecken, der in der Kammer hinter der Feuerstelle schläft, noch Verity im Gästezimmer oben. Mutter Bain steht auf, um nach Cedrics Bein zu sehen, das er sich bei dem Sturz von Vaters Pferd verletzt hat.

»Wir müssen dich heimlich in deine Kammer im Turm zurückbringen, Beatie. Wenn die Leute von deiner Bekanntschaft mit dem Schotten erfahren würden, würden sie dich womöglich ächten. Und selbst wenn sie dich nicht sofort bestrafen, würden sie dir spätestens beim nächsten Überfall die schwersten Vorwürfe deswegen machen.«

Ich nicke. Da ich jedes Mal einen Anfall von Schüttelfrost bekomme, wenn ich rede, sage ich nichts mehr.

»Alle wissen, dass der Schotte mit einem Pferd vom Barrowbeck-Hof geflohen ist. Sie haben ihn selbst davonreiten sehen. Daher werden sie sich nicht wundern, dass Hilda fehlt.«

Ich wende den Kopf ab.

»Du hast vor ihm auf dem Pferd gesessen und es war dunkel. Die Leute, die zunächst meinten, sie hätten eine zweite Person auf dem Pferd gesehen, ließen sich schnell davon überzeugen, dass dem nicht so war. Bestimmt weiß bisher niemand außer uns, dass du weg warst. Ich werde dich bis zum Waldrand bringen. Wenn die Wachen dich sehen, werden sie wahrscheinlich denken, dass du früh aufgestanden bist. Schlimmstenfalls werden sie vermuten, dass du mit Hugh zusammen warst.«

Ich spüre, wie ich rot werde. »John ...«

Er redet schnell weiter. Anscheinend will er gar keine Erklärungen von mir hören. Er sieht müde und schmutzig aus. Sein dunkles Haar klebt ihm immer noch in feuchten Locken auf der Stirn. Er holt einen niedrigen Hocker heran und setzt sich dicht zu mir. »Ich bin froh, dass du dich entschieden hast zurückzukehren, Beatie.«

Ich ziehe die Decke enger um mich. Er denkt, dass Robert und ich ein Liebespaar waren, und verliert doch kein böses Wort darüber. Ich bin froh, dass ich nichts erklären muss, weil ich nicht wüsste, was ich sagen sollte. Wie könnte ich das seltsame, starke Band beschreiben, das zwischen mir und Robert bestand – Gefühle, die vielleicht der Liebe schon sehr nah waren. Eines zumindest haben diese letzten Monate mich gelehrt: dass unsere Feinde uns letztlich sehr ähnlich sind.

Draußen vor dem Fenster beginnt eine Amsel lauthals zu singen, obwohl es noch dunkel ist. Ich blicke im flackernden Licht des Feuers von Cedric, der mich die Heilkunst lehren wird, zu John, der eines Tages vielleicht mehr für mich sein kann. Dann lasse ich meinen Blick zum Fenster schweifen und schaue, ob ein neuer Tag beginnt.